作者夫婦金婚合影

作者夫婦遊橫貫公路於武嶺留影

楊君潛著

柳園紀遊吟稿

張定成題

鄧序

鄧璧

宜蘭、古稱噶瑪蘭，位於寶島東部，三方環海，一面依山，近可登鷹石之尖，遠可望龜山之島；奇泉冷浴，酷暑全消；瀑布高懸，飛流直下。此山明水秀、人傑地靈之清境，即余友楊君潛先生之故鄉也。先生別號柳園，耽詩成癖。不惟螢案鑽研，胸羅萬卷；抑且鱣堂講習，口授諸生。桃李滿門，文章載道；立敦厚溫柔之教，收興觀群怨之功。實既至、名乃歸之矣。

大凡風騷之士，每多遊覽之思，對山、川、草、木、鳥、獸、蟲、魚之景觀生態，必欲藉遊目、騁懷、采風、擷俗，而一一得之、歌之、詠之，此《柳園紀遊吟稿》之所由出也。其中作品，除交誼唱酬外，多爲旅行紀錄，諸如：獅城消暇，聽雨聽風；蛇廟探奇，或盤或走；馳希拉草原之馬，乘布其沙漠之駝。此皆所歷之難得者。入溶洞、曲徑幽深，遊石林、尖峰聳峙；斷崖似壁，東海岸之雄奇；夕照流輝，西子灣之絢麗；黑風洞、佛像成標，白帝城、名人留句；此皆景點之著稱者。謁中山陵、層層拾級，凜知創業維艱；訪後慈湖、靜靜無波，復感守成不易；尋日寇侵華之跡、橋臥盧溝，悲宣公殉國之情，山稱萬歲；此皆弔古詠史之作。至若演人妖之秀，啖蟋蟀之餐，雖不多見、亦可觀者也。

柳園才華出類，著作等身，雖以上所及、僅揭其目綱，舉其梗概，實則全集中皆青錢入選之章，白雪難賡之韻，無不發舒盡致、描繪入神，景外融情、詩中有畫，誠佳構也。余因老之已至，久未遠行，臥遊之餘，既心領、亦神會，對曾到處、如舊夢重溫，未見景、如新朋初識，亦受惠良多矣。惟自愧以襪線之資，不足以闡珠璣之作耳，勉爲之序。

鄧　璧　己亥初　於袖山樓

江序

江　沛

登萬重峰，行萬里路，讀萬卷書，吟萬首詩，此古今文人雅士相互傾慕者也。

楊君潛先生臺灣宜蘭縣人也，門臨大海，背擁群巒，土沃產豐，地靈人傑，少之時，即已才華橫溢，爲騷壇所矚目，及大著詩集、聯集、詩話相繼問世，著作等身，兩岸爭傳，豈止洛陽紙貴而已哉。

世變無憑，詩道式微，振衰啓蔽，挺身而出，先後擔任古典詩研究社理事長、春人詩社社長，振雅揚風，建樹良多。又爲補學校詩教之不足，親自開班授課，常見春風滿座，桃李盈門，近更精選歷年來之紀遊詩數百餘首，足跡遍名山大川，文物含先朝近代，讀後應可增加對世界之認識，對人生之回味。余一介武夫，略通吟詠，與先生詩社相逢，雖非舊雨，應是前緣，每逢節令共傾杯，爲賞名花同覓句，何其難得也。

今逢大作付梓，特綴數語，聊表賀忱，期不以佛頭著糞見笑。

甯序

甯佑民

柳園兄以新著《柳園紀遊吟稿》見示，並命撰序，拜讀之後，深受感動。他和我道義論交二十餘年，其人品、學養和才華，是我尊敬和學習的典範；他出身宜蘭望族，早已享有蘭陽才子令譽。而我對他更為敬佩者，尚有下列幾項：

第一、好學不倦：他和我結識在古典詩社，那時我忝任社長，我倆一見如古。每次雅集，酒酣耳熟之際，話匣打開，他滔滔不絕，告知近來讀了什麼古書，在網路上發現了什麼詩文秘境，將精彩內容，樂與同好分享。憶在旅行途中，他的行李箱內，總有好幾本古書。下榻飯店後，就寢之前，一燈熒熒，展讀至夜深始上牀入睡。如此好學，是我和他有幾次出國訪問作詩時所親見，內心暗自欽佩。

第二、筆耕不輟：柳園兄平日除了作詩、寫文章，頻與臺灣各地，及海外，大陸吟友唱酬聯繫外，還要編教材，供開班教學用。因此他每日大部份時間，除了看書，就是寫作。每隔不久，即有新書問世。檢點我手邊有關他的大著，即有《柳園詩話》、《柳園吟草》、《柳園聯語》、《柳園攀桂集》、《讀書絕句三百首》等多種。我倆同時參加了中華詩學會、古典詩社及春人詩社。他榮任春人社長。每社都有社刊，柳園兄的詩文作品，內容豐富精闢，令人百讀不厭。這種筆耕不輟的毅力，實爲同儕學習的榜樣。

第三、弘揚古道：柳園兄先天秉賦優異，後天勤奮用功，幾乎全部時間，都用於弘揚中華文化；在鑽研古籍方面，着力尤深。加上記憶力很強，我在閱讀時，若遇生澀僻典，向他請益，他能在電話中，當即告知該典出自何處，所以他贏得了「活字典」的美譽。

此外，他還開班授課，聞風來聽課學子座無虛席。年齡層老中青都有。柳園兄傾囊相授，聲譽遠播，弘揚古道不遺餘力。在現今物欲橫流亂世中，無異注入一股清泉，潛移默化之功，實應大加讚揚。

這本新書，收錄了柳園兄遊覽中外山川名勝詩作四百餘首，敘景優美，感懷眞切，可以當作旅遊指南，也可以當作詩學教材，內容豐富。古人以「讀萬卷書，行萬里路。」勉勵讀書人，不要閉關自守，要走向世界，與外界多接觸，以擴充影響力，柳園兄是實踐了。謹序，並致祝福。

朱序

朱自力

極乎遊之樂也！古人因遊興感，發為吟詠，往往有得，引人入勝。

吾友柳園君潛兄以其《柳園紀遊吟稿》目錄見示，其遊蹤所至，異域若星洲、暹邏、馬來、泰、緬、韓國、日本、奧地利、匈牙利。大陸則北京、內蒙、上海、南京、蘇杭、蜀地、雲南、福州、桂林。本島即大臺北、基隆、宜蘭、桃、竹、苗、臺中、南投、彰化、雲、嘉、南、高雄、屏東、花蓮、臺東。國內外周遊歷覽，遊必有咏。寫景寫己，即景即情，心得感受，眞摯多采。更旁涉詩鐘、中秋、歲末聯吟，計吟詩篇凡三百五十餘首，可謂洋洋大觀，多多益善。

君潛兄大雅士也，素所吟詩率典麗雍容，自然豪放，兼而有之。讀者誦其詩想其人，必然首肯無疑。

辱承丐序於余，不揣謭陋，謹贅數言如上。

朱自力　民國一〇八年元月

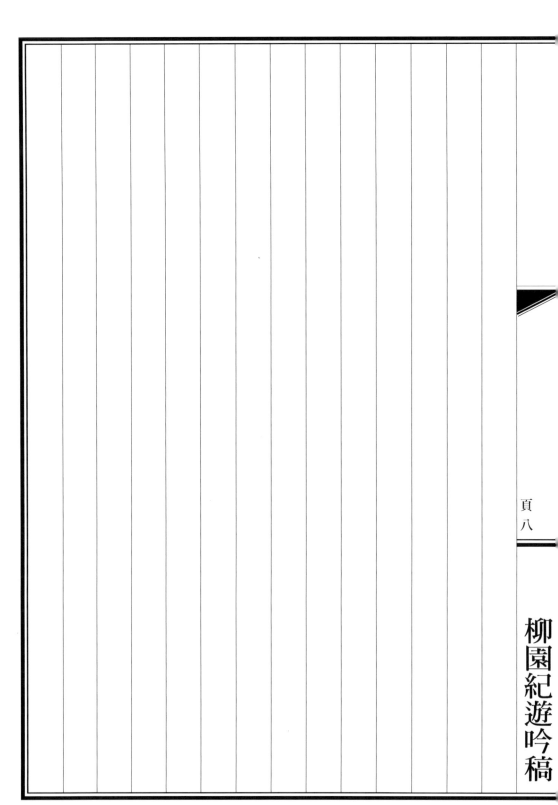

林序

竹菴　林雲峰

楊公君潛，號柳園，乃寶島臺灣名詩人也。畢生治學研經，領袖騷壇。博識廣聞，詩風典雅，高古自成一家。晚年遍遊寰宇，吟蹤所至，必賦詩以紀遊。韻客韻事，誠所謂讀萬卷書，行萬里路者也。

余與楊公，緣遇星洲，一見如故。旅星期間，遍遊諸名園勝境；海上仙嶼，古寺禪宮，孫公旅寓。到處清吟聯詠，竟月同遊同宿。雅人雅懷，逍遙共樂。陶陶然盡忘塵俗間之紛擾，醉心於畫境詩情般之美景中。回首前塵，教人舊夢魂縈。

欣悉君潛先生，擬將《紀遊吟稿》付梓，並索《序》及余，謹掇數行，聊述春夢般之騷緣爾。

自序

賈誼《惜誓篇》曰：「黃鵠之一舉兮，知山川之紆曲；再舉兮，睹天地之圓方。」托物喻志，使人興懷景從。是以司馬遷，足跡遍天下，其文采敻鑠千秋。張說謫岳州，詩益悽惋，人謂得江山之助。李白浪跡江湖，北抵趙、魏、燕、晉；西涉岐、邠、商、洛；東歷浙、魯、蘇、皖；南遊贛、湘、鄂、蜀，是故其詩飄逸不群，千載獨步。杜甫游歷山東、鳳翔、秦州、成都、三臺、射洪、廣漢、閬中、宜賓、重慶、夔州、江陵、岳陽、及潭州等地，是所謂讀萬卷書，行萬里路者也，因是其詩千彙萬狀，出有入無。蘇軾敭歷天南地北，其文雄偉不常。由此觀之，遊歷之於人大矣，如匱乏，欲求其文采，揚名於後世，戛戛乎難哉！

余性好遊歷，終因瑣事繁冗，未能陟涉天下名山大川。然偶有遠遊，必綴句以歸。數十載於茲，累積蕪稿，亦不尟矣。乃不皁謭陋，裒爲　集，而付諸剞劂，聊作雪泥鴻爪云爾。至祈大雅君子，不吝教正爲幸。

本書辱承前考試委員、現任中華詩學研究會名譽理事長張公定成題耑、中華民國古典詩研究社創社理事長鄧璧先生、春人詩社前社長江沛先生、中華民國古典詩研究社前理事長甯佑民先生、致理技術學院前校長朱自力先生暨泰國泰華詩學社名譽社長林雲峰先生等師友贈序，備感榮寵，謹誌謝忱。

柳園　楊君潛　謹識

歲次戊戌（二〇一九）臘月於停雲閣寓所

柳園辭章總敘

蘇澳家鄉，海市蜃樓之所；蘭陽庠序，春秋蛾術之區。游酢從師，雪盈而愈奮；宋濂求學，冰履而益勤。暑往寒來，星移物換。顧風木皐魚淚竭，詠停雲靖節魂牽。書海揚帆，尼山負笈；髫髻拾翠，髦耋汗青。覶縷十書，總疏短引。俚歌誰顧？敝帚自珍。

粵若艱屯，索居多暇。消閒歲月，玩習詞章。襞積縹緗，視園蕪而弗顧；博依音韻，眷簡蠹而彌殷。溯沿風雅委源，究稽正變；摭拾聖賢典籍，權作楷模。叢萃百家，積玉浮金並蓄；昭明四始，唐音宋韻兼收。彷彿霓裳，句句如聆鳳噦；依稀天籟，聲聲似聽鸞鳴。文獻足徵，信今而傳後；清新俊逸，格物而窮情。寧非文彩之鄧林？洵是篇章之珠藪。此《柳園詩話》編著之旨也。

翦燭茅廬，考槃澗陸。幽懷甫暢，逸興遄飛。詩聲與懶婦蟋蟀別名爭鳴，意氣共愚公競爽。史經寢饋，不移白首之心；歲月推移，寧隕青雲之志。門非通德，家乏賜書。罔王氏之青箱，昧董生之朱墨。乃思翕張風雅，六義管窺；探索隱微，百家蠡測。於是欲尋厥實，蚊負蚷馳；已而思掇其華，井深綆短。此《讀書絕句三百首》之所由作也。

若夫楹帖掛懸陋室，劉郎喜閱金經；桃符張貼小園，庾子樂調玉瑟。駁娑柱淨，闌珊繡幌佳人；鴆鵲楹空，惆悵綺筵公子。喜喪慶弔，用表戚欣；寺廟樓臺，藉伸肅穆。言其大，須彌自成其高；語其微，芥子不隘於納。道其壯，則鯤海鵬霄；論其纖，則蚊睫蝸角。中華文化，百世巨觀。日月經天，河山載地。境遷時過，璧碎璣零。吾土吾民，是圖是究。此《柳園聯語》編著之旨也。

啓處衡門，風動松聲柳影；棲遲泌滸，幾知魚躍鳶飛。一從鰓曝龍門，終自耳垂馬阪；年少夢醒鯤化，數奇命蹇鴻漸。第念東隅已逝桑榆收，誰云晚矣？枯樹逢春花葉茂，天或憐之。爾乃散此緇繩，開其縹帙；焚膏繼晷，刺股懸頭。簡練揣摩，畏譏埳井之蛙；披觀紬繹，兼防羽陵之蠹。羨虞卿之遐翥，學淺才疏；慕荀子之高騫，資昏質陋。是以雜亂無章之語，充塞行間；支離瑣屑之言，溢洋字裡。何怪乎張平子入眸絕倒，陸士衡撫掌不禁。此《柳園文賦》之所由作也。

興觀群怨，此唱彼吟，世於是乎有詩；雅鄭紫朱，兼容並蓄，詩於是乎有選。騷章浩矣，遙瞻莫極其涯；簡牘歸然，邃究難窺其奧。獨舉目斯世，陽春輟調，流水停聲；準的無依，頹波莫制。爾乃博采昔賢之名作，不主一家；廣蒐今哲之佳篇，宏斯六義。

棄遺糟粕，嚼英華而正性情；檃括篇章，導涵詠而歸風雅。嗟余學非端木，才異西河；率爾操觚，自宜覆瓿。此《柳園古今詩選》編著之旨也。

展如之人，拾翠鳳洲，自得羽毛之異；織綃鮫室，獨殊機杼之功。瑤章與秋月爭輝，綵筆共春花鬥豔。以春秋之筆，律千首之詩；嗣風雅之音，振三唐之韻。是非予奪，裨世教正人心；抉擇參稽，儆邪淫懲悖亂。制頹波於淄澠同流之際；排異說於紫朱相奪之時。其有功詩教，不綦偉歟？爾乃鉅製隔海傳來，見獵心歡，聞歌技癢；佛頭著糞，狗尾續貂。謏說卮言，徒教捧腹；街談巷議，且作笑資。此《柳園春秋千詠》之所由作也。

菜羹蔬食，擬粱肉而尤甘；衣敝緼袍，視狐裘而彌暖。舞文弄墨，攄際遇以消憂；把酒吟詩，抒鬱陶而寄慨。白髮似黃花委落，青雲羨翠鳥爭飛。日居月諸，秋去春來。欲躡袁安之軌跡，意願心違；思追傅燮之履綦，齒增歲暮。蒹葭采采，洄溯從之；伐木丁丁，嚶其鳴矣。魂牽夢擾，不賦詩奚騁閒情？心戀神馳，非琢句難伸離緒。此《柳園閒詠吟稿》之所由作也。

元白喁于，暌違萬里；蘇黃唱和，敻鑠千秋。前輩風流，夢寐猶思揮麈；今賢藻采，魂牽而慕探驪。拈韻賦詩，光照東阿之筆；飛觴醉月，氣凌北海之樽。懷孤臣孽子之心，宣哀楮墨；抱興亡繼絕之志，託恨蘭蓀。擯紫鄭於騷壇，輪扶大雅；醒黃魂於鯤嶠，鼓吹中興。爾乃同氣相求，同聲相應；聞歌麋集，望影駿奔。載酒題襟，濫竽獻醜；效顰無狀，恧穢何其。此《柳園唱酬吟稿》之所由作也。

藉助江山，道濟之詞無敵；乞靈神鬼，仲文之句靡倫。遊遍名山大川，太史文章瑰偉；歇歷天南地北，少陵詩賦雄奇。坡公鴻爪，尚留南海中原；宏祖馬蹄，猶印名山勝地。騁目舒懷，處處之紅樓夜月，妙矣鸞歌；家家之香徑春風，美哉鳳律。濯足三江之水，詠續滄浪；振衣千仞之岡，吟賡白雪。我生雖晚，私淑前修。濡染鼠鬚，乍覺菲才已竭；揣摩蛾術，始知朽木難雕。探賾尋幽，孤負良辰美景；採風擷俗，無非俚語蕪詞。此《柳園紀遊吟稿》之所由作也。

若夫駑馬一蹴驥阪，聲華倍蓰於前；庸人偶躋龍門，身價懸殊於後。然則已濟寧猶未濟，早成何若晚成。藉以留名，曷云明道；幸而得獎，烏足潤身。踏實以研，俾免跋前疐後；盈科而進，仍須溫故知新。百鍊千錘，遮莫青春之既逝；寸陰尺璧，挽回歲月之蹉跎。盡瘁詞章，用答父師之訓誨；思齊賢哲，以酬親友之相期。此《柳園攀桂集》

之所由輯也。

人生在世，心能止足，將何往而非快；志溺利名，無所往而不殆。余區區處陋巷中，折節讀書。方揚眉瞬目，人知之者，謂係癡人說夢。庸詎知觀音屯嶺，雙峰聳翠於門前；大漢淡江，二水拖藍於宅外。聖賢入座，麈談誨我以文章；星斗臨門，象緯啓予以翰墨。顧余歲晚猶賈餘勇，肆力於斯文，微荊妻之力不及此：起居仗以支理，克儉克勤；生活賴其補苴，無尤無怨。又況弱息繕書校對，載寢載興；小驄（愛犬名）逗趣會心，以娛以樂。

蓋嘗竊論之：傳其房地玉珠，其胤嗣或踵旋物杳；遺以鼎彝尊斝，其兒曹或指屈財空。爾乃憑此十書，藏諸二酉；長存天地，並壽山河。使余得所願，術紹陶朱，以彼易此，孰得孰失，自不難明辨者矣。用視浮生，亦如雪泥鴻爪云爾。

柳園楊君潛 謹識

歲次丙申（二〇一六）榴月於停雲閣寓所

目次

附錄　詩鐘

雲南紀遊吟稿

內蒙北京紀遊吟稿

甲申中秋兩岸詩人交流吟稿

馬來西亞紀遊吟稿

泰緬紀遊吟稿

韓國紀遊吟稿

附錄

日本紀遊吟稿

歐遊吟稿

基隆鹿兒島濟州島紀遊吟稿

二〇一五年中華民國詩學訪問團
——馬來西亞紀遊吟稿

輯二　國內紀遊

基隆宜蘭紀遊吟稿

大臺北紀遊吟稿

臺中南投彰化紀遊吟稿

雲林嘉義紀遊吟稿

臺南紀遊吟稿

高雄屏東紀遊吟稿

花蓮臺東紀遊吟稿

附録

星暹紀遊吟稿　並序

一九八三年冬，余薄遊新加坡。行前蒙蔡秋金詞兄之推介，得拜會方煥輝先生。旋辱承其邀集新聲詩社吟侶：馬副社長宗薌、社員林雲峰、李金泉、蔡映澄、及楊啓麟等諸君子，爲余洗塵於萬成樓。席間，余即席賦詩曰：「玉樓塵洗義情深，促膝談心話古今。海外相逢猶恨晚，觴飛直到夜沉沉。」煥輝隨即賡歌曰：「中華文化感人深，百代相傳直到今。且看風騷揚海外，從知吾道不銷沉。」才捷不讓枚皋專美於前，風人韻事，憑添一段佳話。

雲峰詞兄與余一見如故。懇邀住宿其家，余於是在林府住了三十又五日。翌日，在雲峰陪同下，拜會社長陳寶書先生於其留星別墅。渥蒙其熱誠招呼並盛饌款待，至感榮寵。先生潮安人，中歲移硯星洲，得意商場。洎乎一九五八年，與李俊承、謝雲聲、葉秋濤、曾心影、洪來儀、林志高、許乃炎及倪啓紳等諸宿老，組織新聲詩社，公推先生爲首任社長，振鐸星洲。余榮幸得瞻芝宇，恭聆教誨，且獲其惠賜《留星室吟草》。復辱其邀遊蓮山雙林禪寺。寺中楹聯，俱係清朝進士碩儒所作，典雅工麗。深奧處，漫勞寶公一一爲之闡釋，長者風範，畢生難忘。厥後，余與雲峰相偕出遊各地名勝，聯句賦詩，快何如之。並承其引見實業鉅子蕭漂君、蕭席民賢昆仲。室藹芸香，棣萼聯輝。駿業宏達，曷勝敬佩。

旋飛泰國。行前叨雲峰悉心照料，順利拜會丘新球及許景琪先生。在泰九日，渥荷丘新球先生之照拂最多。他在星暹日報社擔任主管編譯職務，每日下班，必親舉玉趾，到居停關心我起居，並邀品嚐泰國美食，良深感激。間曾搭高速巴士至泰國第二大都市清邁，旅遊四日，然後返臺。

昔張說謫岳州，詩益悽惋，人謂得江山之助，余才質昏庸，詎敢望塵於先賢。然則，茲游之勝，冠乎平生，憂患餘生，得少快慰。且復多識髦士俊彥，文采風流，曷勝景慕。爰就所撰俚句，裒爲一集，顏之曰《星暹紀遊吟稿》，工拙非所計也，聊作雪泥鴻爪云耳。

柳園　楊君潛謹識　歲次癸亥（一九八三）臘月於停雲閣寓所

拜會新聲詩社社長陳寶書前輩即席賦呈

一枝健筆振星洲，四海騷人樂與遊。識得荊州心願足，鵷鴻弱羽共悠悠。

拜會方煥輝詞長即席賦呈

獅城才士最翩翩，倚馬文章海外傳。笑我才疏異王粲，登門倒屣辱高賢。

辱承新聲詩社馬副社長宗薌及方煥輝、林雲峰、李金泉、蔡映澄、楊啓麟等諸君子盛宴洗塵於萬成樓即席賦呈誌謝

玉樓塵洗義情深，促膝談心話古今。海外相逢猶恨晚，觴飛直到夜沉沉。

讀雲峰詞兄詩集並同遊聖淘沙

聖淘沙覽樂忘機，嵇阮相將願不違。一卷別開詩境界，珠璣璀璨義深微。

遊麥里芝蓄水池並憑弔林謀盛烈士墓與雲峰詞兄聯句

花圃深深隔水池，雨餘林下共尋詩雲峰。浩然正氣存星嶼，凜冽英風薄海湄柳園。

註　林謀盛：（一九〇九～一九四四）福建南安人。父林路，號志義，為旅居新加坡從事建築業致富僑商。謀盛早歲畢業於香港大學，旋移居新加坡繼承其父事業，並加入中國國民黨，為祖國興亡繼絕作出重大貢獻。民國二十六年（一九三七）盧溝橋事變爆發，慨然以救國為己任，率李金泉、林慶年、王吉士、莊惠泉、胡少炎、英倚泉等同志，抵制日貨，募集賑款，支持祖國對日抗戰。不幸於民國三十三年（一九四四）三月二十七日被日軍逮捕，壯烈成仁，年僅三十五。

陳社長寶書前輩邀宴並厚貺《留星室吟草》賦呈誌謝

無類諄諄覺後知，風流儒雅是吾師借句。興觀群怨留星集，敦厚溫柔醒世詩。疑惑解開成一快，狂瀾倒挽且相期。識荊已足南遊願，問字追陪樂靡涯。

與雲峰詞兄重遊聖淘沙

相將攬勝聖淘沙，旖旎風光入望賒。奇異昆蟲羅一館，儘多遊客感無涯。良辰好是三冬候，餘興欣乘小火車。散策渾忘天欲暝，班荊席地傍蕉椰。

遊裕華園與雲峰詞兄聯句三首

茗榭樓前人薈萃，瀟湘館外柳婆娑柳園。塵心滌盡無餘事，賦就新詩更切磋雲峰。

其　二

星島同爲客，論詩盡古風雲峰。清遊多愜意，吟入畫圖中柳園。

其三

叻嶼萍蹤聚，揚騷志不孤雲峰。美人芳草意柳園，羈客獵秋圖。江淺浮神䱇，亭荒墜怪蛛。颿風飄小雨，落葉滿幽途雲峰。

紅燈港夕眺

紅燈港外海婆娑，登眺人來一嘯歌。隱約虹橋迷夕照，依稀牛斗現秋河。江間瀲灩魚龍寂，雲外朦朧鳥雀多。命舛數奇吾不恨，暮年壯志未消磨。

冬郊漫步與雲峰詞兄聯句

草樹搖風石徑斜，行吟又到野人家雲峰。南遊不覺滄洲近，冬日園林著百花柳園。

瀹茗　新聲詩社社課

龍團蟹眼發幽芳，飲罷催詩更潤腸。怪底盧仝誇七碗，風生兩腋氣軒昂。

雨中樓望與雲峰詞兄聯句

天涯同是客，星嶼契苔岑雲峰。顧曲聆山水，迴音鼓琵琴柳園。樓臺遙市鎮，煙雨黯山林雲峰。鴻雁迷難度，空懷萬里心柳園。

東海岸放歌與雲峰詞兄共飲作二首

夙抱滄洲趣，茲欣遂壯游。振衣東海岸，濯足南洋流。破浪慚宗慤，出世學莊周。陽陽君子德，用捨自優游。笑彼北山客，猿鶴爲之羞。劉郎有才氣，不屑稻粱謀。

其二

嘯詠海之東，秋過葛正紅。鳳樓瞻蜃市，鼉鼓震鮫宮。興愜三杯釅，性迂不俗同。投君歌《猛虎》，歍彼愧《晨風》。顛沛堅吾志，流離未黜聰。天涯一灑淚，何去又何從？

其三

極目海濤荒，悠悠思渺茫。解憂浮綠蟻，墮劫遇紅羊。困躓心彌壯，艱屯志不降。鉛刀思一割，努力事文章。歸期屈指近，懸榻感恩長。努力揚風雅，千秋共頡頏。

東海岸漫興與雲峰詞兄聯句

結伴游蕃女，沿籬種葛花。色香浮曲徑雲峰，豆蔻羨年華柳園。

飛禽公園夜禽館詠飛鼠

矯翼飛回便倒懸，攀條酣睡骨筋堅。摘星有約蹁躚上，著地無能匍匐前。鼠面偏教人愛惡，蝠身常惹客流連。幾疑身入荒山裡，萬籟爭鳴月在天。

註　館中天籟悠揚，蓋播放錄音帶也。

飛禽公園夜禽館詠貓頭鷹

睥睨魚蟲靜，猙獰燕雀慌。貓頭形象猛，啄食自堂堂。

飛禽公園與雲峰詞兄聯句詠孔雀

羽冠呈異彩，閑適性聰靈。傍瀑棲苔石，向人張錦屏雲峰。鳳凰堪伯仲，燕雀仰儀型。欲問忘機理，長鳴入浦青柳園。

詠飛禽公園與雲峰詞兄聯句

雲瀑垂濂喧峭壁，天羅遮日罩高林雲峰。澄鮮空水紅塵遠，降貴棲遲友百禽柳園。

宏茂橋道中與雲峰詞兄聯句

車向茂橋屋陣齊，分堤神木綠萋萋雲峰。落霞孤鶩風光麗，彩筆多君爲品題柳園。

獅城聽雨

瀟瀟簾外雨滂沱，把酒岑樓感興多。霧鎖獅城人悵望，雲迷鯤島客愁歌。三農咸慶田驅犢，四野均沾澤及禾。潤物催詩懷杜甫，題亭誌喜憶東坡。

遊晚晴園 即國父紀念館

蒼松翠柏鬱森森，攬勝人來感不禁。樓閣榻懸供稅駕，簡書壁掛作規箴。萬人昂首光芒在，四海連心啓迪深。此地昔曾干氣象，良辰結伴一登臨。

遊晚晴園與雲峰詞兄聯句

百年人事經桑海，一館圖書醒國魂雲峰。磅礴英風昭日月，浩然正氣壯乾坤柳園。前庭肅穆瞻銅像，中室徘徊認墨痕雲峰。留得晚晴遺址在，好教天下盡崇尊柳園。

次韻雲峰詞兄《偶得》大作

望氣靈禽入，棲遲復轉廊。餘音何裊裊，三日繞書房。

花葩山晚眺

振衣葩嶺冒霜風，登眺人來感靡窮。脈脈夕陽輝海浪，滔滔巨港泊艨艟。詩心且寄荒濤外，秀句飛從暮靄中。望斷鄉關何處是？旅情萬里託歸鴻。

遊虎豹別墅二首

別墅閎張傍海隅，魚蟲鳥獸塑型模。魂歸碧落功長在，惠及黔黎德不孤。胡氏聲華垂宇宙，獅城山郭闢名區。男兒得志當如此，遺愛人間是聖徒。

其二

勝景昭天下，遊人日萬千。精雕魚鳥獸，工塑鬼神仙。彷彿中生代，回歸大自然。星洲留偉績，奕世仰高賢。

註　別墅係胡文虎、胡文豹昆仲所建。背山面海，廣袤數十里。魚蟲鳥獸及鬼怪神仙之雕塑，莫不唯妙唯肖，巧奪天工。多年前，即已捐獻新加坡政府，現為觀光勝地，免費供人遊覽。

與雲峰詞兄同遊植物園

芳樹奇花嘆大觀，聯翩裙屐萬頭攢。囿方十里蔥楠梓，畛域千畦豔芷蘭。宿雨連綿甫初霽，吟情久坐未闌珊。芬醪斟酌忘歸去，細剪秋光逸興寬。

遊動物園

漫山豢鳥獸魚蟲，論足評頭興靡窮。忘返棲遲萃裙屐，留連觀賞雜童翁。籠蛇樊象牢囚似，檻虎韝鷹桎梏同。指顧衣冠休便笑，心殘性暴漫豪雄。

誌別林雲峰詞兄

詞源恰似倒三江，語不驚人誓不降。桂苑折枝推第一，獅城摛藻譽無雙。何當枉駕詩敲舍，相與題襟燭剪窗。攜手同遊竹林寺，談心共泛木蘭艭。

誌別蕭漂君、蕭席民賢昆仲

棣蕚聯輝孰與同，薄遊星島喜相逢。縱横才氣原無匹，儀貌雍和自有容。萬頃波汪如叔度，百層樓臥似元龍。南來有幸瞻芝宇，文采風流一盪胸。

誌別陳社長寶書前輩

圖南星島志揚騷，十里春風豔李桃。山水工吟香瓣謝，田園擅詠法宗陶。才華世比江河闊，德望人謳日月高。一例文翁翻教授，千秋贏得姓名褒。

誌別方煥輝詞長

南來有幸識荊州，學海從茲契鷺鷗。投刺余終攀驥尾，鏖詩君早占鼇頭。才追李白人無敵，術紹陶朱世莫儔。振藻炎方懷故國，羨君詞海接天流。

誌別馬副社長宗薌前輩

扢雅揚風績不埋，新聲輔弼固根荄。籌添耄耋神逾王，杖策雲山體自佳。三徑未荒松菊翠，四時閒詠鷺鷗偕。等身著作流芳遠，供養煙霞樂靡涯。

誌別張濟川詞長

昔年藝苑憶神交，筆落欽遲六義包。卅載潛修如隱豹，千篇賦就似騰蛟。塵緣顧我難忘卻，名利於君早已抛。不振天聲揚大漢，詩如珠玉世爭鈔。

註一　臺灣光復初期，先生經常投稿《中華藝苑》。

註二　先生與其兄在馬來西亞採錫礦，山中讀書三十年。賦《春秋千詠》，揚名四海。

誌別李金泉詞長

綺年抗日事非凡，凜冽英風薄海巖。百戰歸來身益壯，殊勳不伐口長緘。詩工豔說才能捷，律細爭謳章法嚴。朞月淹留叨教誨，蕪詞誌別倩君芟。

拜會許景琪先生

振鐸暹邦有守爲，口碑載道遍畿陲。菁莪郁郁功昌世，棫樸芃芃德濟時。處世堪稱賀矣富，立身無忝作之師。從知此別參商隔，落日浮雲萬里思。

註　先生為泰國僑領，主持曼谷工商學院。

遊雙龍寺

清邁

招提一抹白雲封，法雨空濛聽磬鐘。池號放生開半月，門題解脫臥雙龍。悠揚梵唄紅塵遠，斷續經聲綠水淙。萬里雲遊登寶地，蒲牢一杵蕩心胸。

美人窩

清邁

採風偶過美人窩，落雁沉魚顧盼多。姹女半妝迷洛水，驚鴻一瞥動秋波。館娃娃宮裡三千嬪，巫峽雲封十二娥。卻笑滎陽鄭公子，平康金盡也麼哥。

苗人村

在清邁，祖籍中國雲南、貴州。

南遷有德自成村，住舍衣冠漢俗存。迤邐家中安木主，淪胥世外闢桃源。一夫擁有多妻制，百代長懷故國恩。斷續絃歌庠序在，相期跨竈望兒孫。

註　有自設華語學校。

遊胡姬山

是花是蝶費思量，萬朵迎風競舞裳。栩栩如生詩憶謝，蘧蘧似夢事懷莊。丰姿綽約浮青靄，粉翅翩躚映夕陽。炎徼幽棲得其所，瀰漫六合散天香。

清邁晚步

可愛冰輪似玉環，繞枝鴉鵲乍歸還。華燈初上輝街肆，暮靄橫遮失壑山。萬里雲遊過清邁，三冬客次憶臺灣。採風擷俗忘歸去，猶自吟哦步闤闠。

註　清邁為泰國第二大都市，人口二百萬。

遊玫瑰花園

曼谷

婉如閬苑絕塵氛，園賞玫瑰蒞屐裙。攜眷參觀人薈萃，娛賓表演象成群。歌臺舞榭寬千尺，少長賢愚喜十分。自是京畿歡樂地，揭來襟袖有餘芬。

曼谷古皇都頂禮釋迦牟尼

金繩引路殿莊嚴，萬里朝山法雨霑。一味禪參諸品靜，三摩地淨六根恬。聽經已令心猿伏，聞梵偏教意馬潛。頂禮如來虔默禱，佛光普照古中暹。

泰京漫步

暹京散策樂而耽，麗藻飛來酒半酣。天予喉嚨扼甌亞，地饒魚米甲東南。瀕臨八水恩波盛，蔽蔭雙林德澤覃。一角觚稜聞梵唄，頓忘塵念欲禪參。

誌別丘新球先生

訂交猶恨識荊遲，仁敬謙沖是我師。象譯獨精中、泰、美，鴻才兼擅畫、書、詩。銘心客舍勞關照，攜手河梁悵別離。落日浮雲何限意，願教魚雁慰相思。

劉邦．武則天

分詠格。新聲詩社社課。

誅滅秦嬴朝號漢，篡亡唐李代稱周。

紅燈港

合詠格

長堤短艇千層浪，碧海青天萬里雲。

天留龜渚障星嶼，地聳虹橋入斗躔。

柏堤防浪遮吟眼雲峰，雁陣凌雲遂壯懷柳園。

江馳汽艇分花浪雲峰，空過飛機曳彩雲柳園。

交接橋堤車出沒雲峰，瀰漫燈港艇浮沉柳園。

東海岸　合詠格

卻疑家遠蟾宮近柳園，每恨天長帝國遙雲峰。
機火渾如千里月柳園，船燈散落一江星雲峰。

二〇〇三年二月六日

溶洞謠

溶洞瑰奇九十九，雪覆雲封神護守。發育于茲六億年，縱橫幽邃世無偶。欲將靈秀表人間，空羨荊公與子厚。鏡前傅粉抹臙脂，嫫母何嘗自知醜？穴中姿態類型全，洞口巉巖欲拂天。白象、臥龍、如活現，瓊花玉樹鬥嬋娟。好是泛舟蔭翠峽，如遊赤壁興悠然。小立扶笻觀瀑布。幾疑銀漢落危巔。水中石，魚背肖。山下窟，神女廟。窈然皆勝概，突兀足吟嘯。彝人眼俗不知幾，棲遲贏得山靈笑。徙倚雕欄觀底蘊，有人並論說斯揚。縱恣壯浪或差肩，氣勢仍難歷奧堂。火維地荒足妖怪（借韓愈句），天教寶藏鎮南疆。一朝消息傳千里，萬國衣冠萃九鄉。

註　九鄉溶洞位于宜良縣西北，距昆明市九十公里，面積一七〇平方公里。地表海拔一七五〇至一九〇〇米。有「九鄉溶洞九十九，數完溶洞白了頭」之稱。溶洞可開發風景區有五：三腳洞、疊虹橋、上大洞、大沙壩、明月湖等。除疊虹橋外，餘尚未開發。疊虹橋有「東方斯科斯揚」之稱（斯科斯揚為巴爾幹半島第納爾喀斯特高原上之溶洞，已列為「世界自然遺産」)。疊虹橋內之疊層石為古海洋微生物化石，被稱為「史前奇觀」。其中水文地質不彭，如魚背石、卷曲石等。溶洞分臥龍洞、神女宮、白象洞、蔭翠湖四大景點。玉樹瓊花、神田、棧道、雌雄瀑布、雄獅大廳羅列其間。驚天動地，攝人魂魄。自然古樸，宏闊壯麗。盡雄、奇、秀、幽之妙。

石林歌

劍戟排空攢石峰，競相挺秀陡然起。桂林山水並齊名，廣袤綿延三百里。灰岩溶蝕不知年，應自渾沌竅鑿始。天下奇觀推第一，人間風物無倫比。似林怪石氣蕭森，裙屐聯翩喜盍簪。神秘揭開成勝跡，著書推介顧亭林。題辭泐石朱元帥，鐵畫銀鉤耀古今。人物風流皆已矣，靈岩依舊矗滇黔。美麗姑娘阿詩瑪，捨身爲救阿黑者。山洪暴發忽然間，化石成峰阻水瀉。成仁取義感人深，作客初聞淚盈把。盱衡華夏有誰同？撫景低徊石林下。擷俗悠悠萬里來，追思猶自有餘哀，憐渠一往心如鐵，顧我長如耳貫雷。遍索碑文尋故事，強爲辭賦傍高臺。千秋巴拉無抔土，一代佳人有劫灰。

註　石林，距昆明一一九公里，面積三五〇平方公里。萬頃灰岩，石峰攢聚，陡然聳起，競相挺秀。如劍戟排空，因稱石林。與長城、故宮、西安兵馬俑、桂林山水並稱全國五大名勝。石林形成於二、五〇〇萬年至二億年前，當時還是一片汪洋大海，後隨地殼運動而上升。首先發現石林者為明末顧炎武（見《肇域志》），而民間流傳最廣、影響最深者，為阿詩瑪與阿黑哥戀愛故事。阿詩瑪貌美，統治者熱布巴拉之子欲強娶為妻，竟放水以溺阿黑哥。阿詩瑪捨身相救，化石阻水。故事可歌可泣，感人至深。至今彝人，女性以被稱為「阿詩瑪」為榮；男性以被稱為「阿黑哥」為傲。

大理辭

烏格翬飛大理城，採風摭俗古南詔。天井敞開四合五，三房院落孤壁照。白族麇居尚古風，精雕細鏤門楣耀。駢肩雜遝湓人潮，洋人街道集老少。泉上繽紛蛺蝶飛，迷離如著葛仙衣。蘧蘧謝逸傳高詠，栩栩莊周悟化機。才子佳人留故事，春駒鳳子見依稀。我來錯認滕王畫，粉翅翩翩送落暉。三塔高標崇聖寺，兩行松柏送青至。玲瓏競秀可千尋，倒映明湖風格異。一揮劍器動江關，八部天龍啓神秘。段譽、喬峰人已渺，即今西望猶堪思（借唐人句）。破浪乘風萃屐裙，緬懷宗慤志彌殷。居諸日月看沉璧，潑剌魚龍見水文。梁繞餘音歌婉轉，茶嘗三道齒留芬（船上品嘗白族獨特三道茶及觀民俗歌舞）。難忘洱海千堆雪，長憶蒼山萬里雲。

註　大理市位于雲南西都，唐朝南詔國、宋朝大理國均建都于此，素有「文化名邦」之稱。因其係白族聚居地，仍保留著古代風情。在村寨內，「三房一照壁」或「四合五天井」自成院落。而其門樓，雕龍畫鳳，成為獨特風格。距大理古城卅五公里，有蝴蝶泉，據云：從前有一對情侶殉情于此，並化為蝴蝶。每年三、四月間，大量蝴蝶，七彩繽紛，飛來此地，蔚為奇觀。位于大理古城西北一公里，有一寶剎顏曰「崇聖寺」，建于公元八二三年。寺中有三塔，大塔十六層，兩小塔各十層，金庸《天龍八部》即取材于此。蒼山有十九峰，最高峰馬龍峰，海拔四、一二二米，終年積雪。洱海二四〇平方公里，為全國七大淡水湖之一。

麗江行

破曉山登玉龍雪，霜風沁骨膚皸裂。側望艱於「蜀道難」，憑虛倏至纜車設。策馬攀緣「扇子陡」，府瞰衡、華若丘垤。一抹皚皚白雪封，猿猱斂跡鳥飛絕。驅車覽勝黑龍潭，潭水澄清色蔚藍。神岫玉龍看倒映，鳳樓古栗鎖煙嵐。有「志」則「剛」「和」不忝（和志剛見註），無耕不穫此中探。雲遊卻羨徐霞客，解脫林中玉版參。坐賞納西演奏會，悠揚徵羽宮商角。孜孜私淑李龜年，怪底聲音何卓犖。靈魂人物仰宣科，貢獻珂鄉覺後覺。凝神諦聽勝聞韶，彷彿霓裳羽衣樂。麗江處處麗人行，枓栱榱題奐滿城。流水小橋饒畫意，垂楊古道富詩情。稱名半是氐、羌後，問世無知漢、魏更。老去自嗟才力拙，紀遊敢望筆花生？

註　玉龍雪山距麗江縣十五公里。全山共十三峰，最高峰扇子陡海拔五、五九六米，全年積雪。乘纜車可達扇子陡山脊。俯瞰衡、華二山似丘垤。黑龍潭位麗江縣象山下，潭水倒映玉龍雪山。五鳳樓及其週邊古栗皆明朝遺物。和志剛，一九六八年生，自小因故失其雙臂，然憑其毅力，奮鬥不懈，能跳遠、打乒乓球、跑步、蹬三輪車，先後在殘障人運動會獲得二十六面金牌。又能用口寫毛筆字。現在黑龍潭裡開設一書齋。齋中高懸其所作楹聯云：「清風有意難留客，明月無心自照人。」彌見其才華。木土司在黑龍潭有一別墅，名「解脫林」，明崇禎十三年，徐霞客曾遊憩于此。納西古樂，濫觴於唐、宋，而其樂器則具數百年歷史。宣科先生是納西古樂隊貢獻最大、享譽最隆的宣傳者。他能說出流利英語，使納西古樂蜚聲國外。麗江古城建于宋末元初，迄今已有八百多年歷史。「小橋、流水、垂楊、古道」是其最好寫照。麗江人口有三十多萬，泰半係納西人。納西人是古代氐、羌民族後裔。納西人除有自已文字外，亦有其自已宗教，稱為「東巴教」。以東巴教為中心的一切文化活動，稱為「東巴文化」。一九九七年聯合國將「東巴文化」選定為「世界文化遺產」。

二〇〇二年八月六日

呼和哈特市懷古註一

五胡南牧氣蕭森，陰嶺風雲變古今。穴掃庭犁破雞塞註二，星流電掣震狼岑註三。川沿大漠牛羊下註四，節近中元草木深。塞外詎知千載後，車如流水閣如林。

註一　呼和哈特市，明朝稱為歸化城，清朝稱為綏遠城，民初稱為歸綏市。一九五四年，中共中央人民政府撤銷綏遠省建制，改稱呼和哈特市，為內蒙自治區政治、經濟、文化中心。

註二　漢和帝永元元年，任竇憲、耿秉為統帥，大破匈奴于雞鹿塞（今呼和哈特市西南）。

註三　漢武帝元狩四年，大將霍去病把匈奴逐出漠南，封狼居胥山（今呼和哈特市西北）而返。

註四　《敕勒歌》：「敕勒川、陰山下，天似穹廬，籠蓋四野。天蒼蒼，野茫茫，風吹草低見牛羊。」《北齊書》曰：「神武帝使斛律金作敕勒歌，自和之，哀感流涕。」

謁昭君墓　民國九十三年教育部文藝創作優選獎　註一

仙姿本自畫難同，漢主何須殺畫工註二。塞外拂弦臺憶紫，曲中變徵淚流紅。千秋胡地留青塚，萬里龍沙撲朔風。一代閼氏垂竹帛，絕勝爭寵閟長宮註三。

註一　昭君墓在呼和哈特城南九公里處，中國國家副主席董必武題曰：「昭君自有千秋在，胡漢和親識見高。詞客各懷胸臆懣，舞文弄墨總徒勞。」

註二　《西京雜記》：「元帝後宮既多，使畫工圖形，案圖召幸。宮人皆賂畫工，昭君自恃其貌，獨不與。乃惡圖之，遂不得見。後匈奴來朝，求美人為閼氏（皇后），上以昭君行。及去召見，貌為後宮第一。帝悔之，窮按其事，畫工毛延壽棄市。」

註三　《漢書．外戚傳》：「陳皇后（阿嬌）擅寵驕貴，十餘年而無子。罷退居長門宮。」

謁成吉思汗陵

宋衰韃靼挺天驕，少小彎弓射大鵰。西土于思紛棄甲註一，中原父老盡吹簫。於茲異種驚黃禍，昔日遐陬捲黑潮註二。霸主有靈應不昧，開來繼往護今朝。

註一　《左傳・宣公二年》：「于思于思，棄甲復來。」注：「于思，鬚多也。」

註二　《元史・太祖本紀》：「二十一年（丙戌）春二月，取黑水等城。」

陰山宿穹廬

陰山稅駕宿穹廬，設備周全倍適舒。星斗宵分窺案几註一，蟾烏咫尺煥門閭註二。踏歌聲起黃昏後，比武喧豗晼晚初。好向敖包山上望，幾株煙樹影扶疏。

註一　蒙古包穹窿中間有圓形天窗，可通氣、通煙又可採光。

註二　日月自地平線起落，又紅又大。看起來近在咫尺，非常壯觀。

遊故宮

丹墀玉陛帝王家，紫禁仙輿憶翠華。萬國衣冠崩厥角，九天閶闔宴流霞。當年艷說祥雲遶，此日空餘夕照斜。踏破莓苔遊上苑，彈枝有淚濺嬌花。

煤山憑弔明思宗自縊處

鼎遺三百有餘春，憑弔低徊欲愴神。餗覆由來歸一己，祚移莫諉咎諸臣。誅袁竟自長城毀註一，戮魏空期霸業新註二。成敗寧無天意在，牽羊肉袒又何人註三？

註一　崇禎即位第三年，竟以「通敵」罪名，枉殺袁崇煥，自毀長城。

註二　崇禎甫踐祚即誅戮魏忠賢，人心大快，以為中興在望。詎料又信任另一批宦官，親小人，遠賢臣，明祚遂覆。臨終猶御書衣襟曰：「諸臣誤朕。」

註三　春秋時，楚莊王伐鄭，鄭伯肉袒牽羊以迎。見《左傳・宣公十有二年》。

萬里長城

築城準擬繫安危，浩大工程世目奇。綿亙東西五千里，只維秦室卌年基。元師易入金人潰註一，闖賊難防明祚移註二。省識治平非恃險，推行仁政在乘時。

註一　遼之亡也，金兵自居庸關入。金之亡也，冶鐵錮重門，布鹿角、蒺藜百餘里，守以精銳，然元太祖命札八兒自間道入，金人遂潰。

註二　明之亡也，李自成下宣府，歷懷來，入居庸，曾無籓籬之限。地非不險，城非不高，兵非不多，糧非不足也，國法不行，而人心去也。

以上註一及註二，均錄自顧炎武著《居庸關》。

登八達嶺

驅車覽勝日初融，八達崔嵬入望中。龍慶有山皆向北註一，燕京無水不朝東。人從南口逶迤上，陘與西關曲折通註二。好是振衣千仞嶺，捫參歷井氣豪雄。

註一　龍慶峽位于延慶縣東北，距北京八十五公里。

註二　居庸關又稱西關，見《三國志》及顧炎武《昌平山水記》。

謁明十三陵

民國九十三年教育部文藝創作優選獎

壽山鬱鬱十三陵，遺物珍奇見未曾。瀺灂黃泉寒徹骨，氤氳紫氣冷侵膺。

儘將成敗歸塵劫，無那河山怨廢興。往日悲歡皆寂滅，事如春夢感難勝。

註 明十三陵位于北京昌平縣境內的天壽山南麓。埋葬著自成祖到思宗十三位皇帝及二十三位后妃等。

遊大昭寺 民國九十三年教育部文藝創作優選講 註一

好學屠龍技，猶期下九淵。參禪神物現，遽走竟連顛註二。

註一 大昭寺座落于呼和哈特市舊城西南的玉泉井旁。建于一五八〇年（明萬曆八年）。大殿上三公尺高的釋迦牟尼像，為純銀鑄成。因是又稱銀佛寺。佛前兩條金色蟠龍，高十公尺，活龍活現。

註二 《新序．雜事第五》：「葉公子高好龍，鈎以寫龍，鑿以寫龍。屋室雕文以寫龍。於是夫龍聞而下之，窺頭於牖，拖尾於堂。葉公見之，棄而還走，失其魂魄，五色無主。是葉公非好龍也，好夫似龍而非龍者也。」

五塔寺

五塔崚嶒欲插天，半凌白日半凌煙。一龕香火風霜古，萬里朝山亦夙緣。

註　五塔寺位於呼和哈特市的玉泉區。清雍正五年（一七二七）建造，內存放佛骨。寺頂五塔凌雲，遠而可望故名。寺四周浮雕千尊菩薩，技藝精湛，為內蒙諸寺中之上乘。

三娘子

獨沐皇恩孰與倫？敕封忠順鎮西藩。漢、蒙廿載安危繫，巾幗千秋一哈屯。

註　三娘子，名哈屯。一五五〇年出生於鄂爾多斯的烏審旗。聰明貌美，能歌善舞，尤精騎射。一五七〇年（明隆慶四年）嫁與蒙族首領俺答。一五八二年（萬曆十年）俺答死，又嫁其子黃台吉。一五八七年（萬曆十五年）黃台吉又死，再嫁其子查力克。歷配三王，主兵柄，為中國守邊保塞，眾畏服之。乃獲明朝敕封為忠順夫人。自宣大至甘肅，不用兵者二十年。一六一三年（萬曆四十一年）卒。其遺物及腰刀、盔甲、頭飾、靴帽等，現仍放在包頭市大青山下的美岱昭裡，供人瞻仰。見《明史．韃靼列傳》。

希拉穆仁草原騎馬

金絡銀鞍雙耳峻，草馨泥馥四蹄輕。崇朝馳騁陰山下，攬轡揚鞭萬里情。

響沙灣二首

索道

纜車橫渡碧山頭，萬丈深淵景色幽。坐賞風光成一快，揭來便捷賦清遊。

滑沙

百仞沙崙似月灣，滑憑雪橇樂悠閒。傳來逸響添幽趣，皓髮垂髫盡破顏。

註　滑沙時，會有各種莫名其妙的迴響，故名之曰「響沙灣」。

布其沙漠二首

駱駝

馬邑龍堆萬里行，耐勞任重志堅貞。知榮守辱甘爲谷註一，功利心慵汗血爭註二

註一　老子《道德經・第二十八章》：「知其榮，守其辱，為天下谷。為天下谷，常德乃足，復歸于樸。」

註二　汗血，駿馬名。

馳騁大沙漠

驅車結伴騁龍沙，行險如夷興倍加。半日消閒西塞上，望塵贏得橐駝嗟。

自北京至八達嶺路旁楊柳毿毿

遠上雄關客思覃，路旁楊柳碧毿毿。幾曾惹得桓司馬，卌載睽違涕不堪。

註　《晉書・桓溫傳》：「溫自江陵北伐，行經金城，見少為瑯邪時所種柳皆已十圍，慨然曰：『木猶如此，人何以堪！』攀枝執條，泫然流涕。」

漫遊北京見多家日商皆捨臺灣而投資大陸口占二韻

秋近猶疑老眼差，千紅萬紫滿京華。舊時王謝堂前燕借句，飛入新興富貴家。

盧溝橋

長虹絢爛跨盧溝，掩映燕京八百秋。獅子成群揮不散，見人攀柱自嬉遊。

註　盧溝橋位於北京城西南十五公里處的豐臺區永定河上。建於金大定二十九年（一一八九）。迄今已有八百十三年歷史。橋長二六六公尺，寬九點三公尺。橋兩側有柱二八一根。雕刻大小獅子四八五只。「盧溝曉月」為燕京八景之一。一九三七年，七七事變在此發生，為抗日重要紀念地。

遊頤和園二首

昆明風月暢幽懷，蹀躞長廊興靡涯。且向排雲門外望，勝朝王氣已沉埋。

註　排雲殿建築雄偉，為慈禧太后祝壽時在此接受百官的朝賀。

其二

御製楹聯筆有靈，光芒直欲掩流形。興懷我欲趨前讀，荷芰風來滿院馨。

註　乾隆皇帝好文學，其所撰楹聯皆清新俊逸，如：「宮竹影搖書案上，山泉聲入硯池中」等，惜未能一一錄下。

北京烤鴨

燕京烤鴨世爭褒，席上端來饜老饕。一自毛、尼品題後，頓成珍饌領風騷。

註　毛、尼，毛澤東與尼克森。

啖桃

秋桃風味勝佳餚，一啖怡然萬慮拋。作客燕京添韻事，朝朝咀嚼助詩敲。

甲申中秋兩岸詩人交流吟稿 二〇〇四年

榕城行

福州市別稱榕城

臺灣地脈發榕城，宋代朱熹曾相度註一。秋仲由金門越海來，組團不負雞黍約。鼓山隱現混茫中，逶迤起伏勢磅礡。側看東盡即鯤瀛，同根之說非穿鑿。詩詞兩岸喜交流，低唱高歌格調悠。六律由來關治亂，五音通政繫沉浮註二。怪他夫子忘臠味註三，疑是秦青撫節謳註四。振起騷風昌教化，舉觴賓主醉瓊樓。言念文忠訪故居，低徊昔日讀書處。雄姿英發與人殊，剛不吐兮柔不茹。在粵嚴明飭禁煙，宵衣抵禦美、英侮。虎門一炬挽狂瀾，宇甸咸推天下士。大藩勝概甲東南，寶刹名園遂顧探。奕世殊多詠絮女，崇山靈異降奇男。地名馬尾風光麗，天挺閩王德澤覃註五。欲上武夷回首望，荷亭落日正紅酣。

註一 《赤嵌筆談》云：「宋朱熹登福州鼓山，占地脈曰：『龍渡滄海，五百年後，海外當有百萬人之郡。』」

註二 《禮記．樂記》：「治世之音安以樂，其正和。亂世之音怨以怒，其政乖。亡國之音哀以思，其民困。聲音之道，與政通矣。」

註三　《論語・述而》：「子在齊聞韶，三月不知肉味。曰：『不圖為樂之至於斯也。』」

註四　《列子・湯問》：「秦青撫節悲歌，聲振林木，響遏行雲。」

註五　王審知，字信通，光州固始人。唐昭宗時，以福州為威武軍，拜審知節度使。累遷同中書門下平章事，封瑯琊王。唐亡，梁太祖加拜審知中書令，封閩王，升福州為大都督府。見《新五代史》閩世家。

武夷歌

驅車遠上武夷山，興愜參觀水簾洞。洞頂巖巉穴窈然，四時不絕飛泉降。行人駐足仰崇祠註一，芬揖三賢禮翁仲。一鑑方塘活水來，文公妙喻人爭誦註二。竹筏漂流九曲溪，丹山碧水見端倪。溯源欲探支機石，書事欣賡震澤詩註三。峻碣玲瓏懷玉女玉女峰，司晨咿喔憶金雞註四。卻疑身處虛空裡，過盡千峰日未西。艤舟茗品大紅袍，撲鼻幽香勝蘭若。巍峨峭壁挺三株，嫩葉終年嵐霧鎖。龍芽端合煮甘泉，蟹眼徐開煎活火。一酌清風兩腋生，茶王聲價甲天下。迥異人間別有天，隱居振鐸萃高賢。輪扶大雅三綱立，道貫中華百世傳。伏虎洞邊喑虎嘯，臥龍潭裡杳龍蟠。劇憐羽化空留蹟，撫事低徊感萬千。

註一　水簾洞前，有一座三賢祠。祠中供奉劉子翬、劉甫及朱熹等三賢。壁上有朱熹親題「百世如見」四大字，及許多辭賦，不勝枚舉。

註二　朱熹《觀書有感》詩云：「半畝方塘一鑑開，天光雲影共徘徊。問渠那得清如許？為有源頭活水來。」係描寫飛泉瀉地，蘊蓄成塘，清澈見底之狀。寓理於詩，自是聖賢口吻。

註三　太湖一名震澤。白居易《泛太湖書事寄微之》詩：「煙渚雲帆處處通，飄然身似入虛空。」

註四　民間傳說，遠古時候，武夷君降臨武夷山，把金雞送給武族人及夷族人。這隻金雞就棲在大藏峰之金雞洞。每到夜半更深時，便咿喔不停，向仙家報曉，催仙家早早起身。

刺桐詠

泉州市別稱刺桐

環城遍植刺桐花，攬勝人來趁晴曙。百業俱興財賦強，流連昔日絲綢路。海濱鄒魯盛文風，棫樸多材難罄數。白雲靉靉即漳州，吾家遠祖舊居處。開元寺古冠南閩，閱盡滄桑歷劫塵。怒目低眉應有意，捐廉棄義太無因。一龕掩映東西塔，兩岸偏成胡越人。頂禮焚香虔默禱，宏施法力轉洪鈞。既醉醇醪兼飽德，更上層樓事聲律。詩家薈萃振騷風，且喜腔圓儀不忒。同是紅羊劫後人，相逢此日眞難得。欐梁三日繞餘音，並比韓娥無遜色註。節屆中秋渡鯉城，丁丁伐木引嚶鳴。最憐傾蓋皆如故，不厭飛觴盡弟兄。推食解衣銘肺腑，費神勞力見精誠。臨歧一語申微悃：「來歲臺灣續舊盟」。

註《列子．湯問》：「韓娥東之齊，匱糧，過雍門，鬻歌假食。既去而餘音繞梁欐，三日不絕。」

鷺島辭

廈門市別稱鷺島

匹夫功立耀千秋，一代英豪昭國史。帝子王侯漫與論，詞人墨客難並美。名姓眞堪列聖賢，長垂宇宙次諸子。清遊鷺嶼憶嘉庚註一，霽月光風人仰止。筦籥竽笙琵磬鐘，悠揚伴奏大饗宮。高歌一曲媲天籟，丕振元音薄海東。韻似咸池魚出聽，聲如韶樂馬偏聽。

中秋兩岸開詩會，白雪陽春藻思雄。乘興登臨鼓浪嶼，指顧延平閱兵處。魚鳥依然畏簡書，想像軍威猛於虎。玉砌雕欄憩菽莊註二，英風凜冽懷莊主。鋼琴鄉譽不虛傳，海上花園非妄詡。依依惜別唱驪歌，八日渾如一瞬過。傞舞客如山簡醉，情懷主比汪倫多。斷金最愛心同己，攻玉偏耽石借他。鯤島明年賡韻事，還期踐約莫延拖。

註一　陳嘉庚（一八七四～一九六一）福建同安集美（今屬廈門市）人。曾長期僑居新加坡，從事橡膠業，熱心興辦華僑和家鄉的文化教育公益事業。一九一〇年在新加坡參加同盟會，一九一一年任福建保安會會長。曾募款資助孫中山。一九一三至一九二〇年，先後在集美創辦中小學和師範、水產、航海、農林、商科等學校。一九一八年在新加坡創辦南洋華僑中學。一九二一年在廈門創辦廈門大學。九一八事變後，在新加坡召開僑民大會，提出僑胞出錢出力，抵制日貨，進行救國活動。一九三八年在新加坡倡立「南洋華僑籌賑祖國難民總會」，當選該會主席。抗戰勝利後，創辦《南僑日報》。歷任中華人民共和國中央人民政府委員、全國政協副主席、全國人大常委、華僑事務委員會委員、全國僑聯主席等。

註二　菽莊：林爾嘉齋名。林爾嘉，字叔臧，係林維源長子，臺灣名人林柏壽胞兄，板橋林家花園主人。甲午之役，清廷敗績，將臺灣割讓日本，林爾嘉資助唐景崧抗日，事敗，避居鼓浪嶼。任廈門市政會會長，時與臺灣出身進士施士洁、許南英、汪春源等唱和，著有《菽莊叢書》等。

註三　山簡：晉山濤子，字季倫，性溫雅，有父風。官荊州刺史。《晉書．山簡傳》：「簡優游卒歲，唯酒是耽。諸習氏，荊土豪族，有佳園池，簡每出嬉遊，多之池上，置酒輒醉，名之曰高陽池。時有童兒歌曰：『山公出何許，往至高陽池。日夕倒載歸。酩酊無所知。時時能騎馬，倒著白接䍦。』」其風趣類皆如此。

註四　汪倫，唐開元時安徽涇縣桃花潭村人。李白《贈汪倫》詩：「桃花潭水深千尺，不及汪倫送我情。」

參觀湄洲灣職業技術學院

偶向仙游縣裡來，湄洲學院鬱崔嵬。菁莪化育成樑棟，邦國爭求作器材。信是德言功並立，更欽眞善美兼賅。他年太史修文獻，群彥汪洋獨占魁。

甲申中秋兩岸詩人交流紀盛二首

中秋兩岸會群英，雲淨星稀玉兔明。共振騷風聯雅誼，相逢鷺侶醉深觥。倍饒王粲登樓興，尤甚袁宏泛渚情。我願毋忘雞黍約，律回鯤島續詩盟。

其二

二難四美萃豪英，會啓中秋對月明。鼓瑟吹笙揚徵羽，持螯彈鵲錯籌觥。心懷天地無窮思，眼望河山萬里情。浩蕩鷗波詩紀盛，元音丕振遂同盟。

前題辱承邱國錁副會長賜和三疊誌謝

百尺樓臺萃俊英，卿雲糾縵月輝明。威儀抑抑吟騷客，舉止幡幡酌兕觥。異地相逢何限意，知音一敘不勝情。中秋結契酬佳節，大雅扶輪樂共盟。

前題辱承陳永照名譽社長賜和四疊誌謝

筵開綠螘泛黃英，節屆中秋月倍明。兩岸聯吟扢風雅，分曹射覆醉觥觥。九秋笳管他鄉思，萬里河山故國情。推食殷勤感誠摯，畢生難忘甲申盟。

《邱聲權詩詞三選》讀後

旨揚國粹筆如椽，四始包含六義全。粲溢晉唐詞淡遠，憑陵漢魏句通圓。騷風磅礴三千界，鯤島爭抄二百篇。一自榕城荊識後，幾回魂夢慕高賢。

註　先生詩集，詩詞共二〇三篇。

次韻邱聲權社長《中秋迎賓——歡迎臺灣詩友》

滿城苾苾臭榕香，慷慨高歌意氣揚。雙水風平波似鏡，三山雲淨月如霜。快將把臂迎新雨，樂不低頭憶故鄉。怪底艱難賡四韻，陵郊鑠島老彌強。

次韻邱聲權社長《甲申中秋喜賦——吟贈臺灣詩友》

月照中秋淨碧空，筵開楓葉映樓紅。三山隱現蒼茫外，兩岸迷離感慨中。親友音書難計達，鷺鷗聲氣若為通。願教缺角金甌補，溥海騰歡此日同。

次韻陳永照名譽社長《頌閩臺詩人甲申中秋吟誦會》

今夜中秋月正圓，騷人雅集氣聲聯。竽笙莞籥長相狎，食住衣行關照虔。舊雨新知銷蹙頞，三通兩岸盡歡顏。襟懷灑落詩清俊，攻錯常諷錦繡篇。

次韻張簪塔名譽社長《甲申中秋鷺臺詩友鷺嶼聯吟大會喜賦》

臺閩騷客締鷗盟，聲氣相聯自蓋傾。學杜何人誇律細？探驪幾輩擅詩清。河山故國誰無夢，草木同根倍有情。願振天威揚我武，干戈化盡泰階平。

次韻林國東社長《共賞中秋月圓》

序移秋色滿榕城，騷客論詩竭至誠。岁崱靈山三鼎峙，沖瀜碧水兩環縈。天垂星野風光麗，月湧波濤夜氣平。好是心茅除淨後，淡閒句漸似淵明。

次韻林中和副社長《甲申中秋兩岸詩人聯吟》

三五星稀淨碧穹，騷人詠唱月明中。共將大雅揚天下，協振元音薄海東。蠻觸闗心頭盡白，茅台入口頰雙紅。醉歸蹀躞泉州道，乘興邀歡不避驄。

次韻張維堯詩家《兩岸詩人論詩》

會啓榕城樂不支，頻傾旨酒細論詩。最憐佳節中秋夜，翻作浮生一段奇。鷗鷺聯吟留勝事，臺閩結契立宏規。潘江陸海深難測，敢賴先知覺後知。

次韻李少園詩家《甲申中秋歡迎臺灣詩友蒞泉共渡佳節》

秋宵不覺冷霜侵，浩蕩鷗波帶月臨。聚首放歌《猛虎調》，興懷合唱《水龍吟》。八閩一覽酬初願，兩岸三通翕眾心。扢雅揚風貧亦樂，高山流水是知音。

黃拔荊教授《中國詞史》讀後

洞明詞海藉犀焚，一卷詩成紙貴聞。直溯全唐兼五代，尤驚彩筆掃千軍。國朝喜見風歸正，天地長存世揖芬。數十萬言論演變，雄渾格力獨超群。

次韻黃建琛教授《欣逢鷺臺詩友甲申中秋聯吟誌盛》

譽享東南二百州，涪翁家學孰能儔？書香本色溫而雅，經史涵濡渥且優。玉鏡當空何限意，金甌未補不勝愁。聯吟濟濟秋風客，君是探驪第一流。

江嬰先生《半葉詩選》讀後

敲金戛玉韻琤瑽，嗣響風騷筆力厖。亙古詩壇推李、杜，當今藝苑數熊、江註。清奇雅健翻新調，俊逸渾成換舊腔。瓣瓣詞華咀嚼後，齒生沆瀣味無雙。

註　林牧評：「當代詩壇，前有聶紺弩，後有南熊北江之說。」按：熊即熊鑑，江即江嬰也。

次韻索廣立詩家《閩臺詩友中秋賞月吟唱會》

星稀雲淨燦中天，故國河山在眼前。兩岸聯吟敦雅誼，團欒人比月華圓。

次韻陸琪璨詩家《共慶中秋》

賓來翻覺似歸家，簾捲西風賞月華。談到古今諸韻事，枝頭雀噪興猶賒。

次韻陸振亞常務副會長《兩岸詩會偶詠》

臺閩詩友氣相連，秋節豪吟手並牽。此夜月明開雅會，人間天上兩團圓。

次韻葉振夫秘書長《甲申中秋閩臺詩詞聯吟會感賦》三首

盍簪詩友袂相聯，引吭高歌對月圓。共渡中秋昌教化，或騷或雅盡齊全。

其　二

意愜神歡體自輕，中秋兩岸締詩盟。對牀煮酒論胞與，劫歷紅羊萬慮平。

其　三

一輪明月照樓臺，久闔心扉對酒開。臨別主人貺珠玉，奚囊飽貯未空回。

次韻趙修華副主編《送臺灣詩友》二首

玉蟾無奈照歸人，揮手依依卻顧頻。延佇明年雞黍約，莫教一別似參、辰。

其二

餞會宏開翳扆屏，詰朝便作返鄉行。今朝且向中天看，兩岸無雲月倍明。

臺閩詩人乙酉歲末聯吟六首

二〇〇五年十二月八日於高速公路途中作

一　相見歡

臺閩騷客喜相逢，握手稱名憶舊容。矍鑠精神身益健，人人恰似萬年松。

二　登十八尖山

三千弱水天邊水，十八尖山海外山。歲末登高何限意，聯吟賓主盡開顏。

三　遊日月潭

畹晚清遊日月潭，青山送翠水拖藍。臺灣四百年間事，習俗民風此處探。

四　登阿里山

阿里山中汗漫遊，白雲神木兩悠悠。共來頂禮慈雲寺，悟徹禪機滌盡愁。

五　坪林品茶

活水偏宜活火烹，坪林包種久馳名。最憐七碗連嚐後，習習清風兩腋生。

六　依依惜別

故人此別見何時，唱徹驪歌悵不支。攜手河梁魂欲斷，共崇明德以為期。

朱長公理事長賦詩送歸敬武瑤韻

兩岸嚶鳴日以親，長公治饌餞嘉賓。不辭白酒三杯釃，信宿天涯別故人。

次韻鄧璧公題贈南京諸詩友二首

二〇〇六年十月十六日機上作

雲開白下繞祥煙，鷺侶初逢丙戌年。稅駕米蘭聯雅誼，忘形杯酒結詩緣。稀齡遠渡心彌壯，祖國長違志不遷。一統皎然陰騭定，揚觶奚用問蒼天。

註　米蘭：南京市族亭名。

其二

中華文化繼繩繩，博大精深惹狄憎。自是勝朝長積弱，故教列國久憑陵。兩番喜見神舟上，千載重瞻海宇澂。爲報南京諸雅侶，客心一片似壺冰。

謁中山陵

鍾陵毓秀聳南京，薦藻人來百感并。兩岸三通猶未竟，一中九合迄無成。天憐黔首移清祚，嶽讟黃巾降翠亭。陛下雪松如鵠立，千秋殊足勵忠貞。

秦淮雜詠四首

燈紅酒綠遍江干，十里秦淮客思寬。倚檻長聞聲活活，似猶銜恨孔都官。

註　孔都官，南朝陳都官尚書孔範也。姦佞諂惑，陳後主寵信之以致亡國。

其二

風流才子憶瑯琊，韻事追懷興倍賒。太息人來秋已老，淒然不復見桃花。

註　晉瑯琊才子王獻之愛妾名桃葉，獻之嘗臨桃葉渡（在今秦淮河與清溪合流處）歌以送之曰：「桃葉復桃葉，渡江不用楫。但渡無所苦，我自來迎接。」桃葉答歌曰：「桃葉映桃花，無風自婀娜。春風映何限，感郎獨採我。」佳人多情，才子風流，千秋佳話。

其三

文德橋頭奏管絃，星稀風定水如天。臺荒不見人撈月，千載空懷李謫仙。

註　秦淮河文德橋西有一座「得月台」，相傳李白醉酒後，於此張開雙臂，下河撈月，故名。

其四

絲肉中宵發客艭，憑欄側耳韻悠揚。娥媌靡曼嬋娟裏，長使人懷脫十孃。

註　絲肉，謂彈唱之聲。假諸絃索為絲，出諸人口為肉。《世說新語》：「絲不如竹，竹不如肉。」脫十孃，明萬曆中，秦淮名妓也。

泛太湖書事寄雲峰
七言排律

太湖澄霽畫圖同，綵鷁翻疑泛碧空。薜荔葳蕤逢夜雨，桄榔憔悴戰秋風。霧收山面千重翠，葉映波心萬點紅。恰似陶朱鼓蘭枻，渾如李白醉郫筒。一行鴻雁來天外，百尺虹蜺落鏡中。日薄崦嵫雲靉靆，星垂貝闕月玲瓏。銀河沿溯情何限，玉宇瀠洄興不窮。爲報炎洲林處士，翛然信宿廣寒宮。

遊寒山寺

千里禮佛無辭遙，跬步積至吳楓橋。寒山寺古香火盛，問卜薦果聲喧囂。簷牙高啄如鬼斧，寶塔突兀淩雲霄。昔曾幾度淪浩劫，梵宇悉數遭焚燒。重修勝跡甲天下，楹柱藻井皆精雕。觀光客萃日逾萬，輦轂雜沓如波濤。噌吰暮鼓啓聾聵，鏜鞳百八醒曦朝。升階傴僂表微悃，乞賜智慧將詩敲。盤桓丈室翻貝葉，諦聽簾外天花飄。六根滌淨空色相，寵辱屑屑雞蟲拋。

西湖雜詠四首

亭蹕湖心聖駕躋，雨中春望句探驪。興揮御筆書「虫二」，風月無邊競品題。

註　清聖祖曾在湖心亭南端太湖石上，書「虫二」兩字，寓風月無邊之意。

其　二

阮郎別後幾霜星，望斷樓頭雁杳冥。濟困周貧生助鮑，即今人仰「慕才亭」。

註　南朝齊時，杭州名伎蘇小小，與其夫壻阮郁住在西泠橋畔。夫婦感情甚篤。不久，阮父來信催其夫壻回家。二人難分難捨，匆匆分別。別後阮郁音信杳然，蘇小小心中煩悶，乃乘油壁香車赴南山賞桂花；途遇一名叫鮑仁之窮書生，在破廟中讀書，內心十分同情，便贈銀百兩，助其上京趕考。時值風雪飄揚，上江觀察使孟浪，途經杭州，指名要蘇小小陪飲助興。蘇小小再三回絕，但迫於壓力，只得勉強應付。自從受此屈辱，遂一病不起。這時，高中金榜之鮑仁回杭州，擬向蘇小小道謝，驀聞死訊，撫棺痛哭，乃於西泠橋畔造墓建亭。一九八八年，重修其墓亭，並名其亭曰「慕才亭」。亭柱鐫一聯最受世人所激賞：

「湖山此地曾埋玉，花月其人可鑄金。」

其三

梅妻鶴子樂天年，遯隱孤山俗慮蠲。恥爲帝王作諛語，最高人品是逋仙。

註　林和靖隱居西湖孤山以終。不娶，以梅為妻，以鶴為子。宋真宗曾詔長吏，歲時勞問。即今孤山林和靖墓旁，有元人為其建造之放鶴亭。其臨終前，自作壽堂，並書一絕句，以明志云：「湖上青山對結廬，墳前修竹亦蕭疏。茂陵他日求遺稿，猶喜曾無封禪書。」其耿介自持如此。

其四

晴雨西湖別樣嬌，淡粧濃抹筆難描。要看湖面如西子，記上蘇堤第六橋。

註　「蘇堤春曉」是西湖十景之首，而蘇堤有六座單孔石拱橋，曰：「映波、鎖瀾、望山、壓堤、東浦、跨虹。佇立第六橋跨虹橋橋頭，看雨後彩虹飛架，湖山沐輝，如入仙境。」

觀風上海

禹甸數鴻都，人人誇上海。推陳出奇新，刮目高科技。傑閣聳雲霄，風光何旖旎。地廣復貲雄，蓄勢超歐、美。疏浚范家濱註一，滔滔百里黃註二。廣澤東西浦，浩浩入長江。德大尊爲母註三，恩覃媲彼蒼。嗟余才力拙，徒負頌泱泱。待時勝鎡基註四，斯言有微意。他鄉百廢興，此地長闐闠。條約締江寧註五，勝朝方悟貴。鼎革奠丕謨，繁榮居首位。亮麗肖明珠，經營博盛譽。龔、黃稱郅治，顧視亦區區。巴黎與紐約，差可並馳驅。使邀吳季札，應不爲周諛。

註一　明永樂二年（一四〇四）戶部尚書夏元吉疏浚范家濱接通黃浦，便形成現在黃浦江水道。並替代吳淞江，成為太湖之主要通道。

註二　黃浦江全長一一四公里。因明代有詩云：「月照黃龍浦水黃。」故名「黃龍浦」。

註三　上海人稱黃浦江為「母親河」。

註四　《孟子．公孫丑》：「雖有智慧，不如乘勢；雖有鎡基，不如待時。」

註五　一八四二年，中、英訂立南京條約後，上海遂成通商口岸。從一個小漁村，發展為國際大都市。

胭脂井

妃唇觸井事堪哀，豔跡長存掃不開。惆悵豈惟陳後主，千秋墨客弔詩來。

註　即景陽井。在今南京臺城內。隋軍攻破臺城，陳後主與張麗華、孔貴嬪，三人走投無路，投井自殺。後為隋兵救出。其所投之井，謂之胭脂井。

蘭亭懷古

蘭亭韻事慕高風，禊袚山陰少長同。曲水流觴添逸興，茂林修竹豁吟衷。文章早定千秋價，翰墨爭誇一序工。來者古人都不見，悠悠天地感何窮。

聯語四副　與諸公聯句

上海人懷小上海柳園，西湖景遜瘦西湖李春初。

註　淡水昔稱「滬尾」、「小上海」。

太瘦生穿阿瘦鞋遊瘦西湖瘦瘦瘦鄧璧，大肥羊過合肥市返肥東縣肥肥肥柳園。

註一　江沛公人稱「太瘦生」。

註二　肥東縣屬合肥市。

龍井茶泡虎跑泉龍騰虎躍鄧璧，牛尾湯拌馬鈴薯牛旨馬香柳園。

寒從腳下起鄧傳叔，風自腋間生柳園。

二〇一〇年十月十三日至十七日

灕江

緬邈波瀾何瀇瀁，乘槎倚棹恣瞭望。巉巖羅列賞奇姿，隈隩逶迤忒殊狀。日映煙霞霏乍收，霜霑林罄葉初絳。千尋洞澈見游鱗，泛泛菱荇栽天上。濟臨陽朔趁良辰，空水澄鮮氣象新。駕鵠如過嚴子瀨，釣鼇想屬任公津。同來盡是乘風客，異代難逢賦洛人。清淺滄浪憑一掬，自將聊以濯纓塵。卻憐河伯矜其大，小智終教爲智累。晦朔春秋兩不知，蟪蛄朝菌合同類。太息浮生席必爭，南柯夢醒榮華棄。神龜曳尾勝王侯，亙古伊誰識微意？玉露金風動客愁，樽傾美酒會良儔。我心早已寄青靄，世事應無愧白鷗。何日一麾滄海去，閒雲野鶴共悠悠。功名富貴倘能恃，滾滾灕江亦北流。

欣賞印象劉三姐及夢幻灕江秀

陽朔水甘多美人註，桂林山秀饒仁者。菊月乘風五日遊，男恭女媚信非假。三星在天露濕衣，萬人爭睹劉三姐。夢幻灕江氣勢雄，掌聲四起呼「安可」。遜律繁音妙勝夔，華容婀娜賽西施。纖羅霧縠飄飄舉，紈袖霓裳嫋嫋垂。咀徵含商如唳鶴，驚心怵目媲翔螭。遏雲遶欐情難已，諦聽餘音不忍離。

註《呂氏春秋・季春紀》：「甘水所多，好與美人。」首句本此。

鐘乳石

桂林銀子岩、天宮岩、蘆笛岩紀遊。

鐘乳名區一日遊，水晶石柱眩雙眸。獅頭嶺接三溶洞，魚尾峰連九寨溝。喜我桑榆腰腳健，怪他昕夕客人稠。桂林地勝饒奇景，百態千姿冠亞洲。

註「獅嶺朝霞」、「魚尾峰」、「九寨溝」等，皆溶洞內景點名稱。

世外桃源

武陵客復見桃源，雞犬相聞別有村。紅樹青溪相映帶，垂髫黃髮問寒暄。先君一舸避秦亂，後世無人知漢存。我比劉郎情更切，徜徉靈境幾晨昏。

註　劉郎：指《桃花源記》中之劉子驥。

魚鷹捕魚

漁翁不釣得魴鱣，端賴魚鷹載滿船。柴米油鹽無顧慮，生涯愜意似神仙。

絕句　並引

有以灕江石為余治印者，囑題辭於印背，乃率爾賦前兩句，尋補足一絕。

灕江湖去難爲水，陽朔歸來不看山。輸與漁翁浮一舸，翛然釣月樂忘還。

二〇一〇年十一月十七日至二十三日

四川陸游文化節紀念愛國詩人陸放翁二首

才異生知國事艱，詞風夙震浙西山。益梁便作中興地，戎馬馳驅大散關。尤范楊姜盡膺服，滎河溫洛幾時還？萬篇鼓吹從軍樂，亙古誰堪伯仲間？

註　尤范楊姜：尤袤、范成大、楊萬里、姜夔

其二

靖康恥雪知何日？社稷陵夷慼靡窮。四綰銅符興蜀邑，畢生橐筆振騷風。龍飛志切軍揮北，蝶化心隨水向東。讀到示兒家祭句，滿腔孤憤與公同。

前題集放翁句二首

中原北望氣如山，正朔今年被百蠻。聖主不忘初政美，單于將就會朝班。愛君憂國孤臣淚，鐵馬秋風大散關。京洛雪消春又動，每因髀肉歎身閑。

其二

徙倚危樓一泫然，兩河百郡宋山川。剩償平日清游願，誰賦南征北伐篇？遙想遺民垂泣處，思如渴驥勇奔泉。劉琨晚抱聞雞恨，坐負心期四十年。

遊杜工部草堂

唐家六葉干戈起，明皇幸蜀避安史。血戰模糊腥九圍，少陵輾轉奔行在。議事無端攖逆鱗，華州謫去風塵委。間關秦隴入西川，卜宅成都浣花里。舍南舍北草離離，不見群鷗水面嬉。花徑依然人薈萃，蓬門已爲客開齊。榿林礙日千年翠，籠竹和煙四面猗。明月不知滄海變，夜來橋畔與誰期？筆揮天地入陶冶，今古惟公嗣騷雅。蘇李曹劉氣吞後，孟郊張籍賈島杜牧風拜下。聖加身上首微之，鵠立籬旁憐白也。一自騎箕不復返，誰爲萬世繼來者？忠君愛國孰能侔？橫制頹波遂壯猷。格律賴存唐社稷，詩魂仗續魯春秋。畢生蹇剝因房琯，定霸無慚替馬周。是處江山眞占絕，最憐千古獨風流。

成都謁蜀先主墓

一從振旅破黃巾，百戰功成漢祚存。錢復五銖昭日月，鼎分三足闢乾坤。關張結契旋稱帝，龍鳳招來便化鯤。太息生兒賢不象，分明有命與誰論？

註一　劉禹錫《蜀先主廟》詩：「勢分三足鼎，業復五銖錢。得相能開國，生兒不象賢。」第三、四、七句本此。

註二　龍鳳：龍指諸葛亮，鳳指龐統。《三國志．蜀志．諸葛亮傳》注引《襄陽記》曰：「劉備訪世事於司馬德操，德操曰：『儒生俗士，豈識時務？識時務者在乎俊傑，此間自有伏龍鳳雛。』備問為誰？曰：『諸葛孔明、龐士元也。』」

成都謁諸葛武侯祠

羽毛萬古聳雲霄，玉貌綸巾品自超。帷幄運籌歌《棫樸》，茅廬感顧賦《鴟鴞》。南平孟獲穿瀘水，北伐曹丕復漢朝。陳壽無知言失義，蚍蜉撼樹亦徒囂。

註一　棫樸：《詩．大雅》篇名，序謂文王能官人也。後人文中每引以為賢材眾多之喻。

註二　鴟鴞：《詩．豳風》篇名，序謂周公救亂也。

註三　《晉書．陳壽傳》：「壽父為馬謖參軍，謖為諸葛亮所誅，壽父亦坐被髡；諸葛瞻又輕壽，壽為亮立傳，謂『將略非長，無應敵之才。』言瞻『惟工書，名過其實。』識者以此少之。」

崇州罨畫池

紅樓夢攝影於此

絕代豪華擅此池，應教勝跡萬年垂。風亭水榭原無匹，珠樹琪花冠一時。金谷徒誇園富貴註一，辟彊漫詡竹離披註二。我來恍忽滄洲近，濠濮低徊有所思。註三

註一　金谷：在河南省洛陽縣西北，亦稱金谷澗，晉石崇構園於此，世稱金谷園。

註二　辟彊：人名，姓顧，晉吳郡人，有名園。《晉書．王獻之傳》：「嘗經吳郡，聞顧辟彊有名園，先不相識，乘平肩輿徑入。時辟彊方集賓友，而獻之遊歷既畢，傍若無人。」

李白《留別龔處士》詩：「柳深陶令宅，竹暗辟彊園。」又張南史《陸勝宅秋雨中探韻

詩》：「同人永日自相將，深竹閒園偶辟疆。」

註三　濠濮：二水名。此句謂像莊子在濠水、濮水之上的那種自由自在，悠然自得的出世思想。《莊子・秋水》：「莊子釣於濮水，楚王使大夫二人往先焉，曰：『願以境內累矣！』莊子持竿不顧，曰：『吾聞楚有神龜，死已三千歲矣，王以巾笥而藏之廟堂之上。此龜者，寧其死為留骨而貴乎？寧其生而曳尾於塗中乎？』二大夫曰：『寧其生而曳尾於塗中。』莊子曰：『往矣！吾將曳尾於塗中！』……莊子與惠子游於濠梁之上。莊子曰：『儵魚出遊從容，是魚之樂也。』惠子曰：『子非魚，安知魚之樂？』莊子曰：『子非我，安知我不知魚之樂？』」

熊貓二首

遊成都大熊貓繁育研究基地作

成都勝日賞熊貓，黑白分明別樣嬌。覓食憐渠偏愛竹，天生性格最高標。

其二

三千遊客睹熊貓，儀態溫和無限嬌。靜坐一旁安喫竹，競相拍照採丰標。

西江茗坐偶成

七碗涼生兩腋風，西江品茗夕陽紅。住民閒逸眞天府，筵綺逶迤樂靡窮。

遊光嚴古寺 並引

光嚴古寺，又稱光嚴禪院。在四川崇州街子古鎮。公元五八一年，隋文帝敕建，原名常樂寺。唐明皇國師、印度高僧善无思曾住持於此。陸游任蜀州（即今崇州）通判，更名為「翠圍寺」，至明成祖再更名為「光嚴禪院」。

結伴攀登縹緲峰，尋詩踏遍招提境。靈籟風傳萬竅鳴，千年楠木散清影。鐘鼓龍文未滅磨，悠揚貝葉發深省。淨理參修物我齊，眾生本自皆平等。形釋神遊近九天，逍遙象外隔喧闐。微軀了悟非吾有，底事營營名利纏？長恨萍蹤無住處，頓令心地欲逃禪。留連不覺斜光落，惆悵穿雲撥霧還。

白帝城懷古

灩澦堆邊府望夔，懸巖疏鑿禹功垂。千秋荒服仍周甸，一抹殘垣認漢基。吳蜀相爭懷昔日，君臣對泣託孤時。我來憑弔情何限，江水滔滔夕照遲。

過漳州渥蒙連氏大酒店董事長連文成先生留宿並盛饌款待誌謝

伊予不是徐孺子，愧受陳蕃錦榻懸。酒店巍峨星耀五，國賓信宿日逾千。二難四美傳佳話，玉液珍殽敞綺筵。棠棣之華謳兩岸，功昭百代姓崇連。

馬來西亞紀遊吟稿

二〇〇一年八月五日

三寶廟（TEMPLE OF ADMIRAL CHENG HO）

奉祀鄭和

王子基開麻六甲註一，漢家曾此泊樓船註二。山中神廟朝三寶，海外瑯嬛別有天。甃壁參觀公主井註三，衣冠瞻仰伯公綖註四。霸圖已杳輿圖改，閱盡滄桑六百年。

註一　麻六甲是公元一四〇〇年，由蘇門答臘的印度教貴族，拜里米蘇拉王子所建立。

註二　公元一四〇五年，明朝鄭和曾在此泊樓船。

註三　公元一四五九年，曼殊爾蘇丹，娶明成祖之女漢麗寶公主，並命五百名侍女奉陪公主卜居於此。

註四　伯公即大伯公，鄭和尊稱。

麻六甲（MELAKA）離島註一

騁馳海上樂清遊，離島風光眼底收。破浪心懸舟起伏，弄潮身健客沉浮。雲開玉兔藏天末，霞絢金烏出石頭山名。深淺沙灘容揭厲註二，流連忘返不驚鷗。

註一 蔴六甲離島包括綠湖灣、石頭山、海盜島、神秘巫師山及鑽石島等。

註二 《詩經．邶風》「匏有苦葉」篇：「深則厲，淺則揭」。

海中天（AVILLION HOTEL）聽潮

民國九十三年教育部文藝創作優選獎

仰觀星月正交輝，俯視滄溟薄四圍。鼉鼓鼕鼕醒幾度，槐邦歷歷夢依稀。似聞風雨淋蕉竹，不盡波濤濺石磯。爲問天吳緣底事，倦看澆末獨歔欷？

黑風洞（BATU CAVES）

民國九十三年教育部文藝創作優選獎 註

拾級攀登黑風洞，巖泉滴久石玲瓏借元稹句。竇深十里星霜古，壁峭千尋氣象雄。印度教祠成勝地，蓬萊島客似飛鴻。群山排闥如奔湊，浩浩憑虛欲御風。

註 黑風洞位在吉隆坡以北十三公里處。在洞頂一百公尺上方，陽光由孔隙穿射而下。洞深十

里，共二七二階梯。猴子、鴿子及蝙蝠不計其數。一八九一年，印度教徒在洞裡，建了一
座供奉蘇伯拉馬尼安神的神祠。於是成為朝拜聖地。

福爾摩沙（A'FAMOSA）野生動物園三首

多種動物表演

諸多動物展才能，凝睇參觀愧不勝。若拙若愚眞巧智註，裸蟲寄語漫驕矜。

註一　《老子》：「大巧若拙，大智若愚」。

註二　裸蟲：指沒有羽、毛、鱗、甲的動物，包括人類、蚯蚓等。《晉書・五行志中》：「夫裸蟲人類，而人為之王。」

飛禽表演

嫻知算術能加減，鸚鵡才奇見未曾。懷技得售君有幸，珠遺滄海感何勝！

註　李商隱《錦瑟》詩：「滄海月明珠有淚。」

大象表演

迎賓行禮竟如儀，雜藝嫻能嘖嘖奇。莫謂龐然皆蠢物，應慚人或不如斯。

二〇〇二年二月三日

重遊雙龍寺

寺在泰北清邁，余於一九八三年曾遊此。

不負清猿約，重來禮釋迦。金風翻貝葉，玉磬散天花。林壑籠青靄，招提覆絳霞。雙龍雲際露，萬籟寂無譁。

玉佛寺

寺在緬甸邊境，所祀釋迦牟尼，渾身是玉，因得名。

輿攜雙蠟屐，薄暝叩禪關。雲水如有意，雞蟲好是閒註。神遊三界外，身處一塵間，剎古人連踵，鐘聲化百蠻。

註　朱慶餘詩：「身外浮名好是閒。」

大金塔浴佛

大金塔位於緬甸邊境大吉利市山頂，漫步招提，泰緬邊塞風光盡收眼簾。

漫步上招提，暹邦隔一溪。祇園崇塞外，金塔與雲齊。灌頂求多福，皈心定不迷。流連清淨境，返旆日斜西。

皇太后花園

在泰國清萊省

雲開風澹蕩，日麗樹蔥蘢。穠豔花三友註，芳菲葛九重。偶然遊上苑，肯信是隆冬。鳥語如絃管，相攜曳短筇。

註　三友花即蕃莉莉，蕊似木筆而小，一枝恆必三朵，故名。

美塞

泰國最北邊城市，與緬甸只隔一座橋。

泰、緬黔黎隔一溝，萬千異客日川流。街坊櫛比成孤市，貨物珍奇萃五洲。莫謂小城無足道，應憐大邑不能仇。歸來卻顧炊煙直註，不負窮邊汗漫遊。

註　塞上無風，炊煙直上雲霄，王維詩：「大漠孤煙直。」

蘭通文化村

相同習俗孕湄河，有幸參觀此地過。萬國衣冠來絡繹，六邦優孟舞婆娑。梨園子弟亦如此，羽曲霓裳未足多。我願臨風時引吭，干戈化盡致中和。

註　位於泰國中亞公路，介於清萊與美塞之間，由臺商興建之歌劇院。湄公河所經中、泰、緬、寮、柬、越六國，其民俗歌舞，每日在此表演。

金三角

民國九十三年教育部文藝創作優選獎

畫舫瀠洄泰、緬、寮，黃金三角地名標。連雲郊野栽罌粟，接壤萑苻匿毒梟。一面網開風益熾，三金貨貿事難銷。窮邊竟是繁華地，歌舞昇平暮復朝。

註　湄公河流經泰、緬、寮三國邊境，蔚為三角形地帶，聯合國特准種植罌粟花，遂成毒梟盤踞地，於是三金（黑金——鴉片、白金——白粉、即海洛因、及黃金）買賣猖獗，世稱金三角。金三角為泰國邊境最繁華地區，不獨中、泰、緬、寮四國貿易協議中心設於此，抑且商店林立，舞榭歌臺，櫛比鱗次，熙來攘往，城開不夜，已故鄧麗君即常川駐唱此地。

重過苗人村仍疊前韻

有德成鄰自一村，遍栽罌粟度生存。家禋木主風崇古，門貼桃符俗見源。世代已霑暹帝澤，夢魂長擾漢皇恩。重遊泰北尋龍種，頭角崢嶸認子孫。

註　中國南疆苗族，篳路藍縷，移居此地。余於一九八三年，曾遊此。

美斯樂謁段希文將軍墓註一

雄姿彷彿虯髯客註二，壯志堪追管幼安註三。將士長居美斯樂，兒孫猶著漢衣冠。
采風擷俗音無改，設校屯田澤不殘。青史留勳功紀段，低徊阡表思漫漫。

註一　一九四九年毛澤東席捲中原，李彌將軍率其餘眾奔緬甸。洎一九五三年分批撤臺，惟段希文、李文煥兩部徙居泰緬邊境之美斯樂。屯田設校，生聚教訓。迄一九六九年，中泰協議，歸泰國管理，即今段將軍墓園猶首丘山頂。

註二　張仲堅，隋末豪傑，赤髯而虯故號虯髯客。見天下大亂，欲逐鹿中原，知不敵李世民，乃入扶餘國，自立為王。

註三　管寧，字幼安，漢末大儒，見黃巾亂作，避居遼東，從者甚多，寧講詩書，明禮讓，民德敦化。

龍魚

一九七三年美軍於湄公河捕獲，身長七、八米，事載泰國鴉片博物館。

湄河昔日獲龍魚，靈物身修二丈餘。聖道衰微麟鳳杳，天涯淪落獨憐渠！

孔明魚

湄公河特產，重二百多公斤，泰國鴉片博物館有紀錄圖片。

湄河常獲孔明魚，見說論斤二百餘。顧我吹簫過此地，翛然曳尾且揚鰭。

帕天湖

泰國最大淡水湖，在帕邀省。

一泓瀲灩波光好，四面蒼茫嶽色妍。極目不知平野闊，但看秋水水連天。

清邁雜詩二首

騎大象

高形長鼻性溫馴，緩步安行載客人。不拜祿山明大義。名垂青史德無倫。

註　唐明皇豢養大象多匹，能拜能舞。會安祿山陷長安，明皇幸蜀，象見祿山不拜。趙汝鐩《義獸行》：「君不見明皇有象能拜舞，看定祿山瞪目怒。」又白居易詩：「怒目祿山終不拜，誰知守義似仁人。」

坐牛車

軛荷雙肩與馬同，登車覽勝愜幽衷。漫言性笨非英物，曾佐田單立大功。

南邦雜詩二首

坐馬車

油壁車輕座恰雙，騰驤蹀躞遶南邦。夕陽西下輪蹄轉，玉厄金鞍映鬣鬃。

吃蟋蟀

品嚐蟋蟀對芳樽，齒夾留香味勝黿。消息如知公子宋，定教食指動頻繁。

註　《左傳．宣公四年》：「楚人獻黿於鄭靈公，公子宋食指動曰：『他日我如此必食異味。』」

人妖秀

華容婀娜賽西施，喬扮坤身事足奇。起舞婆娑歌婉轉，笑他如醉復如癡。

按摩

遊客相將事按摩，纖纖手擢美嬌娥。煩襟滌盡心情爽，萬斛愁消一刹那。

海上摩托

一塵海上騎摩托，千里暹灣渡若飛。破浪乘風心益壯，揭來遮莫濕裳衣。

海上垂釣

一舸逍遙泛海涯，波光坐賞趁朝曦，子陵千載留芳躅，自在垂綸異釣姬。

海豚表演

弄丸幾訝出宜僚註一，座客三千雅興饒。及見海豚靈且慧，不疑玳瑁首稽姚註二。

註一　春秋時代，宣僚善弄丸鈴，常八箇在空中，一箇在手，事見《莊子・徐無鬼》。

註二　道光時，臺灣縣知縣姚瑩渡臺，得一玳瑁大徑五尺，放之海中。更十四年，他已高陞臺灣兵備道，再度來臺。見一物迎舟而至，漸近則一徑丈大龜，背負白鶴，向舟昂首而立，舟中數十人咸訝之，及舟而沒。或曰：是當年玳瑁，見臺灣省文獻委員會編《臺灣詩錄》姚瑩詩註。

二〇〇三年十月十九日

雪嶽山國家公園賞楓

芳樹靈山欲醉醲，秋光細翦漫扶筇。大蘇下筆開生面，小杜停車輒盪胸。縹緲白雲疑襯錦，凝妝烏臼倍嬌容。滿園盡日人如海，寂寞誰憐傲雪松？

遊景福宮註一

魏闕峨峨似故宮，眾星朝拱北辰同。龍飛虎拜乾綱振，鳳至麟遊氣象雄。陛下侍臣懷鵠立註二，御前文字媲蟲工註三。即今凝望猶堪思，況後當時德偃風。

註一　景福宮有「韓國紫禁城」之稱。

註二　陛下有文武兩行標註按正一品、從一品、正二品、從二品、正三品、從三品、正四品……等等至正九品，依序平行排列。使人想起蘇軾詩：「侍臣鵠立通明殿。」的情況。

註三　世宗於一四四六年制定朝鮮文字，書法之工，堪稱媲美秦時蟲書。

南山韓屋村

貴賤賢愚比屋居，閭閻闤闠想唐虞註一。桃符映日輝千戶，藻梲雕樑煥四隅註二。盛世誰賡招隱賦，譾才空負採風圖。偶留泥爪情何限，屢屢回頭望郭郛。

註一　《漢書・王莽傳》：「唐虞之時，可比屋而封。」

註二　《爾雅・釋宮》：室之內有四隅：即奧（西南隅）、屋漏（西北隅）、宧（東北隅）、窔（東南隅）。

觀華克秀

小道真堪詡大觀註一，高潮迭起客騰歡。驚心魔術誇身手，怵目魚腸劍名刺肺肝。妙舞婆娑追窅、趙，曼聲婉轉媲秦、韓註二。最憐撫節悲歌後，響遏行雲萬木攢註三。

註一　《論語・子張篇》：「雖小道必有可觀者焉。」

註二　窅娘、趙飛燕皆古之善舞者；秦青、韓娥皆古之善歌者。

註三　《列子・湯問篇》：秦青歌罷，「聲振林木，響遏行雲。」

遊南怡島

南怡攬勝樂無窮，杏赭楓丹點綴工。四面雲山一浮嶼，分明身在畫圖中。

註　南怡島位於漢城東北六八公里，北漢江上一個人工浮嶼。面積四十萬平方公尺，遍植銀杏與楓樹，與綠茸茸草坪輝映成趣。別墅、小屋設備完善，遊客絡繹於途。

戰爭紀念館

大砲飛機客覽頻，如陵如阜館中陳。英雄自古成何事？猿鶴蟲沙哭劫塵。

註　《抱朴子》：「周穆王南征，一軍盡化，君子為猿為鶴，小人為蟲為沙。」

米蘭達溫泉水世界

滌盡胸襟萬斛愁，溫泉一沐興悠悠。東征郤羡虬髯客，爲愛名區解甲留。

註　唐初，虬髯客張仲堅一遇李世民（時為秦王），知是真命天子，難與逐鹿中原，遂將其所有財產贈與李靖、紅拂夫婦。十年後，虯髯客在朝鮮建立扶餘國。見《太平廣記》。

丹陽八景

仙巖龜嶼遶煙霞，八景逶迤一望賒。劃破清江馳畫舫，流連不覺日西斜。

註　南漢江圍遶小白山，處處盡是溪谷、瀑布和奇岩怪石。即所謂丹陽八景：下仙岩、中仙岩、上仙岩、舍人岩、龜潭峰、玉筍峰、島潭三峰及石門。

附錄

南山韓屋村楹聯十五副

南山韓屋村，其建祭物，完全仿古。與中國十分類似。達官貴人與凡夫走卒，比屋而居，廊廡高懸楹聯二十多對，皆精警工麗，抄錄如下：

一　鴻鵠非無雲外志　松篁自有歲寒姿

二　藏名豈比揚雄宅　去國難同范蠡舟

三　青山綠水吾家境　明月清風孰主張

四　曉霽捲簾虹照雨　晚涼欹枕樹搖風

五　眼底牢籠開宇宙　胸中蘊蓄一唐虞

六　萬事早知齊得失　一生元不負詩書

七　飲罷酒樓山似戟　談殘書榻月如弧

八　點綴白雲山活畫　烘溶晴日水成空

九　清幽古洞仙蹤寂　蕭灑高臺淑氣寒

十　雨入蓮塘磨鏡面　風歸竹塢撥琴絲
十一　雞犬一村花似錦　牛羊滿野草如茵
十二　榴花帶露紅如滴　柳線含風翠欲浮
十三　萬井煙沉春欲盡　一犁雲淡雨初晴
十四　陶泓暫試玄霜笏　金鴨輕燒小篆香
十五　黃卷梳風春睡後　素琴攜月古心長

東北賞楓

萬林如燒映斜曛，譎起瑰姿襯白雲。奧瀨溪旁紅片片，中禪湖畔醉紛紛。
高山雪積應千尺，險韻詩成喜十分。恰似行吟蘇玉局，絕勝坐賞杜司勳。

註　杜牧官司勳員外郎，世稱杜司勳。有《愛晚亭》詩云：「遠上寒山石徑斜，白雲深處有人家。停車坐愛楓林晚，霜葉紅於二月花。」

採蘋果

觀賞青森地名蘋果園，纍纍樹下採頻繁。低徊有客懷牛頓，矯健伊誰勝馬援。

註　《後漢書．馬援傳》：「常謂賓客曰：『丈夫為志，窮當益堅，老當益壯。』」

角館

棲遲江戶武家邨，紅葉離披出黑垣。四百年前多少事，扶攜爭覽客雲屯。

註　角館為江戶初期建築物，迄今已有三八〇餘年歷史。當時寬廣的武家邨，現供人參觀。館內有主屋、武器庫、青柳庵、秋田鄉土館、武家器具館及古玩館等。各館內展出了十七世紀至二十世紀的刀、器具、服飾、玩具、字畫及文獻等。展品中有許多是被指定為國家重要文化遺產。黑板塀與櫻花、紅葉是其外觀特色，四季都有眾多遊客來訪，尤以春秋為最。

猊鼻溪泛舟

洄溯猊溪畫舫新，秋高雲淨水粼粼。偕遊漫說多才俊，誰是中流擊楫人？

中尊寺

平泉車稅駕，齋沐叩禪關。鐘磬醒三界，煙霞枕遠山。雞蟲蠲志慮，鷗鷺會心閒。堂塔巋然在，慈師跡試攀。

註　嘉祥三年（公元八五〇年）比叡山延曆寺慈覺大師在平泉開創本寺。至十二世紀，奧州藤原氏第一代清衡，進行大規模建設。堂塔四十座、僧房三百間，為日本最著名古剎。

松島灣即事

疾駛滄溟白浪衝，灣遊松島豁心胸。鷗翔咫尺隨群鷁，日出雲車駕六龍。煙海瀰茫風颼颼，乾坤浮動水溶溶。玉霙獻瑞神山近，指點蓬萊富士峰。

仙台東照宮

指揮鵝鸛滅豐臣，伊達千秋是可人。一角觚稜垂宇宙，大和矜式霸圖新。

註　仙台東照宮，奉祀德川家康（一五四二～一六一六）。德氏乃日本江戶幕府的創建者。一五九〇年隨豐臣秀吉滅北條氏，領有關東八州，改建江戶城（今東京）。一六〇〇年關原之戰打敗豐臣氏，掌握全國大權，一六一五年滅豐臣氏。此宮係伊達忠宗扈從德川家康回江戶途中，一同住宿的地方。伊達忠宗為了報恩而興建此宮。此宮鳥革翬飛，藻井楶棟，以及雕欄玉砌等，靡不窮極其工。遊客接踵聯轂，絡繹不絕，為日本政府指定重要文化財產。

吹割觀瀑

七言排律

雲根吹割瀑喧豗，坐濺晴霖聽殷雷。疑是夢遊匡阜去，甯非舟買呂梁來？玉龍騰踔奔三峽，銀漢蒼茫落九垓。白練千尋懸紫壁，明珠萬斛瀉瑤臺。生花愧乏徐寅筆，屬草慚無李白才。洗耳濯纓情未已，枕流漱垢興悠哉！

註　吹割瀑布，位於龍王峽與鬼怒川溫泉之間。兩條瀑流，對瀉而下，巉巖沖開，聲如震雷，雄偉壯麗，世所罕見。

二〇一〇年三月二十三日

飛越北緯七十度

二〇一〇年三月二十三日

華航班機起飛，即循北緯七十度，緣西伯利亞航線（北極圈外側）直抵維也納機場。沿途光呈不夜，奇觀也。

日回誰倩魯戈揮？萬里雲霞映夕暉。北極圈邊頻駭矚，一杯美酒理探微。

維也納

二〇一〇年三月二十四日

奧匈帝殿鎖煙霞，刻桷雕甍映日斜。駭綠紛紅堤岸樹，爭妍鬥艷御園花。迎賓逗客饒飛鴿，複道康衢駛電車。一代樂神莫札特，徽音風靡萬千家。

莫札特：Wolfgang Amdeus Mozart' 1756-1791

遊多瑙河

二〇一〇年三月二十六日

多瑙河（Danube），歐洲第二大河。發源於德國南部黑林山東麓，向東流經奧地利、捷克斯洛伐克、匈牙利、南斯拉夫、羅馬尼亞、保加利亞、及俄國等，而注於黑海，長二、八五〇公里，支流三百多條，五才（金木水火土）蘊藏豐富。

君不見、歐洲多瑙河，發源德國入黑海。又不見、支流數百條，沖瀜瀇瀁三千里。奧、捷、匈、南、羅、保、俄，連檣相屬舳艫駛。水德鈞敷蘊五才，人文孕育斯爲美。鏡淨沙明日倒懸，邐迤遊客上樓船。人如駕霧旋離地，鷁似凌雲欲上天。波浪不驚闃河伯，布帆無恙遯飛廉。虛空一葦飄然去，四美齊臻樂事全。華燈璀璨鎖鏈橋註一，見說行經匈牙利。左衜布達右佩斯（布達佩斯，匈京。），宮殿玲瓏如櫛比。岧嶤城堡壓京畿，掩映長虹饒氣勢。天留孤島峙河中，世界花園瑪格麗（島名）。結伴清遊萬里來，舟中謔浪笑顏開。街頭沽得葡萄酒，艙內頻傾鸚鵡杯。崇朝且作青州註二客，無敵還欽白也才註三。將進酒，莫停卮。古來賢聖今安在？唯有飲者姓名垂。滌盡閒愁千萬斛，貂裘不典復何爲？麴糵不勝浮白後，相將醉卧高陽池註四。

註一　布達佩斯橫跨多瑙河有五座大橋，中以鎖鏈橋（Secheny, Lanchid）最受矚目，為世界名橋之一。

註二　「青州從事」謂好酒也。見《世說新語．術解》。

註三　杜甫《春日懷李白》詩：「白也詩無敵。」因座中有李介甫先生故云。

註四　李白《尋魯城北范居士失道落蒼耳中見范置酒摘耳作》詩：「酣來上馬去，卻笑高陽池。」白謂酣來上馬，方且卓然，不似山簡醉倒習家高陽池也，此反用其意。

匈牙利觀吉普賽士風舞

二〇一〇年三月二十六日

鶴舞丹墀恣頡頏，鳳飛貝闕乍低昂。臂腰扭擺紅髾轉，眉目嬌憨翠袖揚。座客相將醉醪醴，雕屏𠆭匝響瑤璫。多情最是鄭交甫，解珮空留一段香。

註　劉向《列仙傳》：「江妃二女，游於江濱，逢鄭交甫，遂解珮與之。交甫受珮而去，數十步，胸中無珮，女亦不見。」

匈牙利觀馬術表演二首

二〇一〇年三月二十七日

渥洼奇骨鏤金鞍，攬轡鳴鞭跨木欄。奔競驂驔流血汗，功成蹀躞野遊盤。

註一　渥洼，水名。在今甘肅省安西縣。為漢時天馬出產地。見《漢書．武帝紀》及注。

註二　驂驔：馬相隨奔競貌。杜甫《醉為馬墜諸公攜酒相看》詩：「安知決臆追風足，朱汗驂驔猶噴玉」又《玉腕騮》詩：「驂驔飄赤汗，跼蹐顧長楸。」

其二

眼紫瞳熒銀壓胯，耳黃毛綠璧銜頭。霜蹄碎踏胡天月，逐電奔雷玉腕騮駿馬名。

布拉格天文鐘

二〇一〇年三月二十八日

捷京布拉格（Czech Prague）天文鐘，建於一四一〇年，為捷克最熱門景點之一，昕夕門庭若市，待聽鳴鐘。

配置層樓六百年，噌吰飄遞醒三千。悠揚韻度東歐月，斷續聲凌北極煙。鐘號天文人薈萃，樓因地勝客留連。一時喚起樊川夢，幾輩思參慧遠禪。

卡羅維瓦利溫泉

二〇一〇年三月二十九日

捷克卡羅維瓦利溫泉（Karlovy Vary），享譽六百多年。噴泉高達十四公尺，溫度逾攝氏七十二度。有溫泉迴廊數處，日日吸引萬千遊客，因其有醫療效果且可生飲故也。遊客人人手持溫泉杯，邊走邊喝溫泉，蔚為獨特風情。

坎離註一相濟闢乾坤，沸水湯湯晝夜喧。玉女丹成山下蘊註二，媧皇石落地中存。尋幽攬勝遊人萃，療疾湔纓浴客繁。六百年來滄海變，靈泉依舊碧潺湲。

註一　易卦，「坎」屬水；「離」屬火，謂水火相濟也。

註二　《一統志》：「玉女泉在湖廣德安府應城縣，其泉沸熱。野老相傳玉女煉丹於此。」此借用之。

阿爾卑斯山望積雪

二〇一〇年四月一日

阿爾卑斯山脈（Arps Mountains）西起法國東南之尼斯，經瑞士和聯邦德國南部、義大利北部，東抵奧地利維也納盆地。呈弧形，長一、二〇〇公里，寬一二〇至二〇〇公里，平均海拔

三、〇〇〇公尺。山勢雄偉，四、〇〇〇公尺高峰達數十座。最高勃朗峰海拔四、八〇七公尺，萊茵河、多瑙河、羅訥河、波河等河流，濫觴於此。許多高峰終年積雪，蓋歐洲山嶽之神秀者。其峻極之狀，嘉祥之美，窮山水之瓌富，盡人神之壯麗。或匿峰於冥奧，或倒景於巨泊，舉世罕能登陟。二〇一〇年春仲，余旅遊奧地利聖沃夫岡大湖，遠眺高峰積雪，嗟嘆良久，爰記之。

奧北天連千頃雪，歐東鳥絕萬重山。終年處在朦朧裏，永夜其於莽蒼仄間。遇畢逢箕雲詭譎註一，尋詩覓句路閒關。時人孰比王郎樂，一葉扁舟訪戴還註二？

註一　《尚書．洪範》：「庶民惟星，星有好風，星有好雨。」孔傳：「箕星好風，畢星好雨。」故世有箕風畢雨之說。

註二　《晉書．王微之傳》：「嘗居山陰，夜雪初霽，月色清朗，四望皓然，獨酌酒詠左思《招隱詩》，忽憶戴逵，逵時在剡，便夜乘小舟詣之，經宿方至，造門不前而返。人問其故，微之曰：『本乘興而行，興盡而反，何必見安道邪！』」

欣賞斯特勞斯與莫札特交響曲　二〇一〇年四月一日

斯特勞斯（Strauss, 1804-1849）奧國名作曲家。

春回奧國事遨遊，紫殿彤庭聽曲龢。心樂五聲耳八音，律和呂翕嗟無競。安翔駘蕩攄幽懷，磊落酆琅饒逸興。洪殺註一從來不奪倫，掌聲陡起一何勁。初聆旋律韻悠揚，忽若雷霆欲撼岡。攏、撚、抹、挑宣角羽，吹、彈、擊、擫協宮商註二。逃禪註三早已瞿鍾、伯，入海爭禁竄曠、襄註四。旁迕遏雲干氣象，更驚風雨變陰陽。姁媮嫽貌出飛瓊許飛瓊，仙女名。，流睇橫波疑蕚綠蕚綠華，仙女名。。銀幕開時似跱鸞，金聲振後如翺鵠。魂銷錯認舞霓裳，神定方知交響曲。遻律繁音並遞攙，夸容妖蠱驚心目。相呼馬秣舞靈禽，復說聽歌出錦鱗註五。妙態中規兼中矩，瑰姿宜笑又宜顰。應聲頓趾隨絃奏，躡節從容合鼓陳。變徵變宮千萬狀，曲終闋盡繞餘音。

註一　洪殺：「洪」：高歌或高音；「殺」：低唱或低音。馬融《長笛賦》：「洪殺衰序，希數必當。」

註二　白居易《琵琶行》：「輕攏慢撚抹復挑。」又《霓裳羽衣舞歌》：「擊擫彈吹聲邐迤。」

註三　杜甫《飲中八仙歌》：「醉中往往愛逃禪。」

註四　師曠是晉平公樂師，師襄見《論語．微子》：「擊磬襄入於海。」

註五　《韓詩外傳》：「昔伯牙鼓琴，而淫魚出聽；瓠巴鼓瑟，而六馬仰秣。」又《韓非子．十過》：師曠鼓琴，一奏之，有玄鶴二八道南方來，集於郎門之垝，再奏之而列；三奏之，延頸而鳴，舒翼而舞，音中宮商之聲，聲聞於天。」

賦歸

二〇一〇年四月二日

十日采風遊恨短，四邦擷俗憶留長。即從裏海穿南海，便自他鄉返故鄉。

二〇一三年六月二十七日

基隆懷古

北門鎖鑰勢巃嵸，閱盡興亡感不窮。鬢嶼紫帆横碧海，雞籠白雪映蒼穹。秦皇鞭石宸遊壯，鄒衍談瀛氣象雄。璧浸羲娥波蕩潏，樹迷獅虎雨冥濛註一。資源豔說蘊藏豐，絡繹梯航及叟童。紛建朱樓掘煤礦，成家白手採金銅。財多長夜難消受，一笑千金擲小紅。肯信原爲鼾睡地，驀然吹起冶遊風。法艦憑陵啓釁戎，曳兵棄甲哭梁公註二。叱韓臥道王罷註三杳，恥越鳴君子狄空註四。風鶴何人卻流寇？軍民背水奏奇功註五。不堪孤塚玷吾土，撫事追懷恨萬重註六。名區入眼忒玲瓏，縹緲三山指顧中。地擁港都輔臺北，天遺寶穴冠瀛東。千秋美譽人才盛，四海通商國運隆。我願兵氛長寢息，聽潮把酒樂融融。

註一　獅虎，獅球嶺、虎山。

註二　光緒十年（一八八四），法國巡洋艦哇爾大號（Laovlta）入侵基隆，水師提督孤拔（Anatole Ccnrbet）率艦登陸。巡撫劉銘傳，定策棄基隆，固守淡水，以保臺北。基隆倅梁純夫伏地哭留，不允。後為艋舺團人攔截乃止。

註三 《北史．王羆傳》：「羆為華州刺史，齊神武遣韓軌襲羆，羆不覺；比曉，軌眾入城，羆尚臥未起，聞閤外洶洶有聲，便袒身露髻，徒跣持棒，大呼而出。曰：『老羆當道臥，貉子那得過？』敵見驚退。」

註四 子狄：春秋時齊國城門守卒。意謂越軍攻齊，君王及大臣怯戰，守門卒子狄請戰，不許，恥之，自刎而死。見劉向《說苑．立節》。王維《老將行》：「願得燕弓射大將，恥將越甲鳴吾君。」

註五 我軍將士用命，首礮命中法艦，法軍大敗，伏屍逾百。

註六 法將孤拔於光緒十一年（一八八五），病死澎湖，葬基隆獅球嶺。

泛海歌

捩舵揚帆逸興賒，基隆揮手日西斜。沖瀜沆瀁開瓊蕊，湫漻低昂起浪花。徙倚舷檣衣繚繞，消遙甲板髮鬖髿。鼻頭、富貴餘雙角，鱟穴、獅球罩紫霞。洗滌雙丸豔碧波，滄溟萬頃吼鯨鼉。不知海若靈胥嗡，疑是牙琴湘瑟和。人宿蟾宮雲靉靆，天開蜃市水婆娑。

層樓把酒情何限，遮莫千杯醉臉酡。霾曀全銷燦大羅，三光融朗景殊多。蓬萊縹緲看明滅，鮫室依稀現頃俄。指顧六鼇身外逝，奔騰萬馬眼前過。崩雲屑雨洪濤湧，千里瀰漫一嘯歌。喧豗澎湃浩無涯，撼地掀天久嘆嗟。權槩尾閭難測蠡，驕矜秋水可憐蛙註一。雕龍我獨誇枚乘註二，振藻伊誰繼木華註三？檢點茲遊最奇絕，生平願足武東坡。

註一　「驕矜秋水可憐蛙」：《莊子・秋水》：「井蛙不可以語於海者，拘於墟也。」

註二　枚乘：西漢文學家，所作《七發》，內多觀濤之辭。劉勰《文心雕龍・雜文》評云：「枚乘摛豔，首製《七發》。腴辭雲構，夸麗風駭。」

註三　木華：西晉文學家，字玄虛，廣川（今河北棗強東）人。曾為太傅楊駿府主簿。作品僅存《海賦》一篇。描寫大海的變化情態，瑰奇壯麗，有名於當時。

鹿兒島

破曙攀登鹿兒島，山明水秀風光好。位置南端屬九州，薩摩氏族辛勤造。大隅諸嶼串聯成，語言快速聽難曉。櫻島原為活火山，岩漿昔日沖雲表。海運貿遷開發早，四通八達康莊道。市郊處處有溫泉，休憩晨昏來老少。太息幅員盡染污，居民久不聞啼鳥。靈岫誰知面目眞，茫茫煙霧遮忩瞭。顧視彼邦蕞爾小，憑陵異國命菅草。瘋狂購買釣魚臺，昧知成拙偏弄巧。長崎廣島慘人寰，忍見和民先滅了。懸崖勒馬鑑前車，記取仁親以爲寶。揭來我漫留鴻爪，才譾空懷事振藻。英雄人物憶西鄉，掛劍追思大久保註一。善惡存於一念間，毒屠曷若恫瘝抱。合作雙贏萬福來，曠心讓畔日爭皦。註二

註一　西鄉隆盛與大久保利，皆係明治維新英雄人物。

註二　讓畔：《史記．周本記第四》：「西伯陰行善，諸侯皆來決平。於是虞、芮之人，有獄不能決，乃如周。入界，耕者皆讓畔，民俗皆讓長。虞、芮之人未見西伯，皆慚，相謂曰：『吾所爭，周人所恥，何往焉，祇取辱耳。』遂還，俱讓而去。諸侯聞之，曰：『西伯蓋受命之君。』」

濟州島

海外嘗聞更九州註一，扶餘國即是丹邱。讓唐英傑虯髯客，叔季應教象罔求註二。縹緲雲

山何處是？玲瓏樓閣豁吟眸。躋臨一見已無憾，碌碌勞生遂壯遊。三多獨愛女聲柔註三，導引觀光口給優。泛覽蓬萊隨驥尾註四，緩尋鱗爪識龍頭註五。壇號五賢名不朽註六，穴稱三姓客瞻稠註七。怪底人趨鐘乳洞，炎氛祛盡冷於秋。漢拏山聳壯遐陬註八，西岸珉鐫節婦謳註九。木石苑中何窈窕註一〇，山房落日彩雲浮註一一。屐裙躞蹀三無地註一二，瀑布飛流百丈湫註一三。五百將士巖上望註一四，名區遠近景全收。寧居朝鮮不臣周，箕子高風韻事悠註一五。擊磬師襄入於海，友于鹿豕恥封侯註一六。中韓關係淵源遠，互惠宜從槃敦从修。攬勝歸來無限樂，詩成笑傲歷滄洲。

註一　鄒（亦作騶）衍，戰國陰陽家，提出「大九州說」。稱中國只是全世界八十州中之一州，每九州為一集合體，稱「大九州」。總共有九個大九州。因其語大不經，時人稱他為「談天衍」，其書已佚，《漢書．藝文志》有其著作篇名介紹。

註二　二至四句，引唐末杜光庭名著《太平廣記．虬髯客傳》。略謂虬髯客，原有意與李世民爭天下。比見，驚曰「真天子也！」遂不敢與之爭。並將所有財產，贈給李靖，隻身入海。貞觀十年，創建扶餘國，傳係即今濟州島。按《太平廣記》，雖非正史，但流傳甚廣。明張鳳翼《紅拂記》、凌初成《虬髯翁》、馮夢龍《女丈夫》、無名氏《雙紅記》

等，皆本此書。歷代畫家所繪之「風塵三俠」，亦以此傳為題材。是故，不妨姑言之，姑聽之。

註三　濟州島有三多：風多、石頭多、女人多。

註四　韓國人自稱，此島為「蓬萊仙島」。

註五　龍頭岩位於濟州島西側。

註六　五賢壇祀朝鮮王朝初期，被流放到濟州的宋時烈、金淨、鄭蕴、金尚憲及宋鄰濤等五大臣。

註七　三姓穴，神話流傳的三仙出生洞穴。

註八　漢拏山是韓國最高大山，海拔一九五〇米。

註九　節婦岩，故事類我國望夫石。

註一〇　木石苑，置各種水石、木石，饒富情趣。

註一一　山房山落日，景色迷人。

註一二　三無地，無小偷、無乞丐、無大門。

註一三　有三瀑布，正房瀑布、天池瀑布、天帝淵瀑布。

註一四　五百將軍岩，在漢拏山旁。

註一五　箕子，紂王叔父，屢諫不聽，佯狂，周武王封之於朝鮮而不臣。

註一六　師襄，孔子音樂老師。《論語．微子》：「擊磬襄，入於海。」

霹靂洞

洞府氤氳日上時，丹霞紫氣鬱葳蕤。巖廊峬峭風光麗，林木蔥蘢雨露滋。譽滿馬來常見報，纍臨騷客競題辭。我來攬勝逢陽月，主訪雙張興靡涯。雲林梵宇仰嶔崎，靈鷲依稀若即離。天與炎荒留大寶，恍遊禹穴與仇池（前四句詠雲林梵宇）。菩苑荷風馥小詩，芙蓉出水展幽姿。雙亭徙倚金繩引，開士仙如是我師（前四句詠菩苑荷風）。華藏世界岫嵬嶷，九品蓮臺儼若斯。省識維摩妻法喜，欣看檀越女慈悲（前四句詠華藏世界）。會啓龍華降象蟎，聽經點頷仰威儀。憐渠也解來修果，人類甯無有所思。（前四句詠龍象耽經）。靈巖法相洞中窺，一瓣心香淨理推。五蘊皆空登十地，勝因領悟識歸遲（前四句詠靈巖法相）。花雨唄音間鼓椎，營營名利兩忘遺。劫餘幸躋三摩地，消受渾身淨水施（前四句詠花雨唄音）。環翠啼猿似吹篪，法雲縹緲韻高低。經宣竟亦頭頻點，脫卻三塗只自知（前四句詠環翠啼猿）。步雲捫斗傍巑巏，八表遐觀一展眉。漫說袁宏才倚馬，有人騰踔句探驪（前四句詠步雲捫斗）。攀陟巉巖歷嶮巇，九迴百折若青泥。世界三千收眼底，空門一偈悟禪機。雲遊趨步參寥子，襟袖濕沾楊柳枝。不滅不生眞解脫，奚須雲漢邈相期。

註一　仙如，洞主張英傑先生封翁。

註二　「有人騰踔句探驪」，「驪」指東方七宿之青龍星。

註三　參寥子，喻張英傑先生。

霹靂洞八景詩

一　雲林梵宇

八水雙林望不遮，洞開霹靂現曇華。伽藍掩映嵐光裡，坐沐丹霞接紫霞。

二　菩苑荷風

芙蓉出水欲皈依，接引金繩燦四圍。徙倚雙亭通妙諦，花開花落悟禪機。

三　華藏世界

文殊身化世尊崇，義奧華嚴如日中。四法十玄作經緯，慈悲一念萬緣空。

四　龍象眈經

洞中神物露眞形，金相莊嚴法有靈。靉靆矞雲自縹緲，蟠巖俯首靜聽經。

五　靈巖法相

和睦雍容彌勒龕，凝玄妙道靜中參。肚皮一笑塵緣淨，任是憸人亦誡貪。

六　花雨唄音

梵唄悠揚側耳聞，仙凡一念自心分。登臨恍入維摩室，花雨漫天滴落紛。

七　環翠啼猿

石徑通幽曲且彎，人來不復唱刀環。洞中處處聞猿嘯，響徹天南第一山。

八　步雲捫斗

捫參歷井酒杯寬，宋豔班香落筆端。肩拍洪崖心益壯，流連高處不知寒。

遊霹靂洞賦呈洞主張英傑、張韻山賢昆仲

棣鄂聯輝譽遠揚，洞遊霹靂訪雙張。齊家自古崇公藝，治國於今法子房。功德言昭人共仰，詩書畫妙史流芳。參商不見情難已，一舉何妨累十觴。

張英傑、張韻山昆仲詩書畫集題後

伯仲勞謙萬卷該，權奇倜儻志宏恢。聲華三絕詩書畫，點綴無雙松竹梅。讓棗推梨媲王孔，握瑜懷瑾失鄒枚。潤身潤屋猶卑牧，德厚流光命世才。

註一　王孔：王泰、孔融。

註二　鄒枚：鄒陽、枚乘。

訪馬來西亞創價學會賦呈許理事長錫輝

一自池田擅繼開，寰球創價響如雷。馬來錫老聲華著，獅子扶輪左右陪。倒屣迎賓勞玉趾，山珍海錯醉金罍。人群造福鴻圖展，喜見蒸蒸會運恢。

參加馬來西亞第四十一屆全國詩人大會賦呈許會長萬秋、劉主任作雲暨翁社長國華等諸君子

德星朗朗小陽天，馬國揚騷萃眾賢。戛玉詞追姜白石，敲金詩繼李青蓮。中流砥柱千秋仰，大雅扶輪四海宣。我自臺灣叨盛會，飽餐仁義醉瓊筵。

檳城蛇廟

深山大澤卒喬遷，廟宇楹樑任蜿蜒。他日九天聞霹靂，化龍施雨潤坤乾。

參訪怡保中山紀念館

旋轉乾坤帝制傾，英豪蓋世自天生。我來怡保中山館，頂禮如同拜翠亨。

十八丁紅樹林生態之旅

紅樹林觀十八丁，海防賴彼得安寧。憐渠竟是胎生物，子結枝梢根有靈。

百年風華火車站

火車縱貫百餘年，人物交流得捷便。建設功歸英帝國，開疆篳路德流傳。

市政廳

市政鴻猷擘劃詳，怎禁人不頌甘棠。寧知道失求諸野，消息盈虛感慨長。

吉隆坡國家石油雙子星大樓

玉樓高聳並摩天，轟轟將垂億萬年。解識石油眞是寶，貲雄自足傲強權。

吉隆坡電信塔

世界曾居第一高，馬來民族史爭褒。縱然紀錄有消長，脅息他邦亦足豪。

基隆宜蘭紀遊吟稿

太平山註一

清秋攬勝太平山，曠絕騁懷林壑趣。沆瀣彌漫漱隝陘，煙嵐興沒變朝暮。龍吟熊呴隔巖泉，犾叫鼯號翳雲樹。滌蕩煩襟信快哉，考槃阿澗邁遊豫。紫槭紅於二月花，逶迤排闥映明霞。數峰商略霏霏雨，群眾歡乘蹦蹦車。思入蓬萊意緜邈，風颼松柏舞婆娑。潨前吸盡陰離子註二，古道徜徉唱踏莎。破曙巑岏奔小轎，翠峰湖畔恣登眺。四圍晻靄拂涼颷，不見漪瀾濃霧罩。人訝幾同嚴子瀨，鱗潛孤負任公釣。枝寒露冷杳鳴禽，闃靜惟聞玄豹嘯。省識塵寰似寄居，百年彷彿若須臾。倩誰傳授安期術，無死無生返太初註三。是處湖山不足步，錦衣玉食亦空虛。名區信宿情何限，認得眞吾樂有餘。

註一　太平山位於宜蘭縣大同鄉、南澳鄉交界處，與阿里山、八仙山並稱臺灣三大林場，但材積輸出量卻居三大林場之冠。最高峰見晴山，標高二、四九二公尺。但一般遊客眼中的太平山，是指太平山莊後的原始檜木公園，海拔二、一〇〇公尺，號稱人間仙境。山莊石階四一八級，由底下停車場向上爬，直抵鎮安宮。鎮安宮是臺灣海拔最高廟宇，由日據時期神社所改建，奉祀鄭成功。週遭都是森林浴步道，是賞鳥觀花的好去處。常見的鳥類有藪鳥、畫眉、煤山雀、菊鳥、星鴉及橿鳥等；花類有櫻花、杜鵑、毛地黃、黃苑、小白頭翁、宵待草、及胡麻花等。而紫葉槭、紅榨槭更是在石階兩旁排闥，逶迤絢麗。坐「蹦蹦車」是不可錯過的遊樂項目之一。列車在橙黃色的崖谷間穿梭，引擎發出「蹦蹦」節奏聲，白雲翠靄縹緲於前後左右，使人有飄飄欲仙之感。其他主要景點有：翠峰湖（臺灣最大高山湖泊，面積二十五公頃）、三疊瀑布、仁澤溫泉及茂興古道等，都是值得一遊的地方。

註二　原子失去或獲得電子後，所形成的帶電粒子。帶電的原子團，亦稱「離子」。帶一個或多個正電荷的，稱為「正離子」；帶一個或多個負電荷的，稱為「負離子」，又稱「陰離子」。

註三　唐通事舍人盧重《列子敍論》：「夫生者何耶？神與形會也。死者何耶？神與形離也。形有生死，神無死生。故老子曰：『谷神不死。』」又《列子．天瑞篇》：「太初者，氣之始也。……清輕者上為天，濁重者下為地，沖和氣者為人。故天地含精，萬物化生。」王維《秋夜獨坐》詩：「欲知除老病，惟有學無生。」又《登辨覺寺》詩：「空居法雲外，觀世得無生。」《楞嚴經》亦有：「除住三昧，是為無生。」之說。

神木行 並引

宜蘭大同鄉馬告生態公園，是全國最大神木園。擁有百棵千年以上紅檜與扁柏，千年以下，更不計其數。園區內神木，以古聖先賢之名命名者，已有六十一棵之多。在氤氳山林中，充滿著「芬多精」(phytocid)與「負離子」(nogative ion)，大口呼吸，可使人健康長壽。全程約二．三公里，棧道護欄，鋪設齊全。

生態公園遊馬告，萬株檜柏雲霞罩。負離子與芬多精，益壽強身百病療。憶昔幼苗種張湛註一，而今千丈如和嶠註二。露蒙翠蓋綴珠瓔，動地濤聲時一嘯。瞿瞿絕壑聳蒼龍，嫋嫋參天造化功。鱗甲斑斕標宇內，虬枝繇羃蔽瀛東。藤蘿攀附原非偶，爪角崢嶸勢盪胸。最是歲寒搖落盡，獨持勁節傲冰封。百圍銅幹皆良棟，馥郁梢柯宿鸞鳳。擁腫憐渠節目多註三，矩規繩墨偏不中。散置荒陬同櫟樗，指揮匠伯常嘲弄。文人雅士漫咨嗟，本大材奇世難用。寸莖小草舞山椒，庇蔭摐摐萬仞條。鬢髮金張據高位，暮年李杜首空搔。得全壽考應無憾，莫怨終生不見招。一朝運轉雷霆作，看汝成群入海遙。

註一 《世說新語・任誕》：「張湛好於齋前種松柏。」

註二 《世說新語・賞譽》：「庾子嵩目和嶠，曰：『森森如千丈松。』」

註三 擁腫：同臃腫。隆起不平直也。《莊子。逍遙遊》：「吾有大樹，人謂之樗，其大本擁腫而不中繩墨。」

龜山歌

柏梁體

龜山屹立我家鄉註一。爾乃攀登未有遑。咫尺恍如萬里長。坐言不行但空望。今朝陟涉願終償。興愜聊爲賦俚章。矯然四足矗汪洋。仰視蒼穹首激昂。保衛村民氣靡降。歷千萬劫戰風霜。週身擐甲志堅強。誓抗番夷護漢疆。魍魎蛟龍盡慄藏。黿鼉魚鱉共徜徉。雖蘊石膏與硫黃。卻在危巖開採妨。一潭如鏡水滄浪。輸青送翠繞篔簹。殊多靈異不尋常。嘘霧咽雷雨兆滂。翅展金烏發瑞光。山椒曙色世無雙。憐渠曳尾堊泥漿註二。將相虛榮謝楚王。止足平生學老莊。餐風飲露勝膏粱。功名身沒便俱亡。曷若逍遙嘯大荒。良辰嵇阮喜相將。點檢茲遊昔未嘗。何日結廬用支牀註三。是非得失兩都忘。

註一　龜山：離宜蘭海岸約五浬處有島，其形如龜，故名龜山島，一名龜嶼。周圍十公里，島上東西兩山對峙。兩山皆海拔三百餘公尺，從北迴線之龜山站，望島甚近。蘭陽八景中，有「龜山朝日」。將雨則嘘霧咽雷，聲如震鼓。中匯一淡水潭，清澄澈底。春夏間時有漁人結網。島內蘊藏硫黃石膏甚豐，惟礦脈多在削壁危岩，下臨大海，開採艱難。

註二　曳尾：「曳尾塗中」是莊子寓言。是說莊子拒絕楚王聘請，他以神龜為比喻，表示以其死而被尊貴，寧可活著而在泥中爬行。《莊子・秋水》：「莊子釣於濮水，楚王使大夫二人往先焉，曰：『願以竟（境）內累矣。』莊子持竿不顧，曰：『吾聞楚有神龜，死已三千歲矣，王巾笥而藏之廟堂之上。此龜者，寧其死為留骨而貴乎？寧其生而曳尾於塗中乎？』二大夫曰：『寧生而曳塗中。』莊子曰：『往矣，吾將曳尾塗中。』」

註三　支牀：《史記・龜冊傳》：「南方老人用龜支牀，行二十餘歲。老人死，移牀，龜尚生不死。」

梅花湖賞春二首 第三屆蘭陽文學獎

照眼韶光麗，遊湖愜素心。梅開千片玉，柳舞萬條金。珠嶼浮青靄，虹橋映碧岑。聽鶯醉醽醁，橐筆動詞林。

其二

勝日湖光麗，清遊盪客心。千株梅綻玉，十里柳搖金。短鷁衝層浪，長虹臥細岑。鶯聲娓絃管，嬌囀徹芳林。

蘭城遠眺二首 第三屆蘭陽文學獎

噶瑪蘭城望，田疇隔翠煙。龍潭迷遠浦，龜嶼接遙天。句覓蒼茫外，詩尋落照邊。羈愁懷庾信，振藻動山川。

其二

徙倚蘭城望，西隄蔽野煙。梅湖留勝地，鳳岫逼諸天。親老懷雲外，鷗遊憶海邊。刀環循幾度，依舊隔山川。

太平洋垂釣

第三屆蘭陽文學獎

太平洋理釣，聊復度居諸。戀棧無長策，持竿似散樗。忘機長狎鷺，投餌不求魚。莫道知音少，追陪有溺沮。

蘇澳

第三屆蘭陽文學獎

浩汗天然港，先民話海樓。北濱屯戰艦，南浦泊漁舟。利市榮工賈，通商達美歐。絃歌聞處處，疑是武城遊。

梅湖春色

一九六七年一月二日宜蘭主辦六縣市聯吟大會於三清宮

聞道梅花放，騷人喜盍簪。暗香浮月夜，疏影映湖潯。隱約驢騎鄭，依稀鶴夢林。杯傾竹葉酒，詩思落瑤琴。

秋日遊梅花湖

第三屆蘭陽文學獎

水光瀲灩日初融，湖覽梅花冒冷風。人訪蟾宮乘短艇，天留珠嶼跨長虹。千株江荻花開白，四面霜楓葉染紅。五宿澄波尋故事，支機石採興何窮。

蘭陽秋訊三首

第三屆蘭陽文學獎

金風乍拂太平山，玉露初滋秋信頒。日近貙膢祭宗廟，夜深蟋蟀泣塵闤。楓丹蘆白鷩新序，蓴美鱸肥憶故關。偶返蘭陽情更怯，斷腸最是雁鴻還。

其二

蘭疆秋訊雁初頒，桐雨蘋風冷闠闤。一夜蛩鳴添白髮，十年蠖屈悴朱顏。感時作客懷倉海，恨別登樓憶子山。解綬投簪仰張翰，輕舟遄返舊鄉關。

其三

井梧蕭瑟落龜山，振羽莎雞夜不閒。一事無成勞案牘，十年空自唱刀環。東山兄弟萸期插，南澳朋儔桂約攀。差喜厄窮心益壯，題橋狂語未嘗刪。

虎字碑懷古

第三屆蘭陽文學獎

草嶺豐碑夕照中，我來剔蘚感何窮。墨磨鬼泣消濃霧，筆落神驚鎮暴風。虎字爭誇翔鳳勢，龍文信比換鵝工。將軍書道原餘事，身後無人並兩雄。

註　碑上「虎」字，為清同治總兵劉明燈所書。相傳劉總兵於入蘭時，途經草嶺，忽遇暴風雨，乃大書「虎」字，書成，風消雲斂，天朗氣清，傳為佳話。

慶祝宜蘭設縣卅週年

第三屆蘭陽文學獎

悠悠建縣卅年遭，勝襲凌黃著績高。舉邑紛傳壇植杏，全民豔說境栽桃。定教華夏千年頌，合並春秋一字褒。萬戶欣欣謳郅治，更臻至善振風騷。

梅花湖攬勝二首

第三屆蘭陽文學獎

梅柳爭春畫意饒，三清宮外泊千舠。鶯遷喬木鳴孤嶼，燕翦韶光掠小橋。綸理長隄人獨釣，波凌短艇客相招。笑余氣骨崚嶒甚，終對名湖一折腰。

其二

鑑湖澄澈泛輕橈，淑氣氤氳景色饒。柳樾低徊鶯語滑，草馨馳騁馬蹄驕。凌波潑刺魚驚鼓，避世何人樹掛瓢？漫賞春光詩細翦，緩尋秀句樂逍遙。

吳沙

第三屆蘭陽文學獎

梯航直到海之隅，噶瑪蘭開績紀吳。三籍鄉民作馮翼，五圍斥鹵變膏腴。子同豚犬心無憾，姪似龍麟道不孤。石港人來何限感，斜暉脈脈弔遺郛。

蘭東聽雨

第三屆蘭陽文學獎

灑窗濯竹晚涼生，銀箭紛飛地籟鳴。一夜淋漓醒蝶夢，空階淅瀝雜雞聲。沾禾勸稼淵明興，潤物催詩子美情。作客羅東無限感，鄉心滴碎耳頻傾。

鑑湖秋月

第三屆蘭陽文學獎

香飄丹桂影幢幢，夜泛蘭橈興未降。鮫室巡迴凌貝闕，蟾宮掩映入蓬窗。探驪得句詩千首，狎鷺飛觴酒百缸。碧水共長天一色，梅湖勝景世無雙。

梅湖春色

第三屆蘭陽文學獎

韶光旖旎筆難描，春到梅湖別樣嬌。日暖馬嘶芳草地，風和燕翦綠楊橋。尋幽鹿埔攜詩篋，探賾蟾宮泛畫橈。諦聽禽聲人意爽，清陰遣興酒盈瓢。

冬日遊蘭陽

第三屆蘭陽文學獎

采風嵇、阮喜相將，萼破梅花律轉陽。南澳難忘蝦蟹美，西隄最愛橘橙香。比聞勝會開東北，行見元音紹漢唐。簾外瀟瀟天忽雨，談詩好共夜連牀。

蘇澳蜃市

第三屆蘭陽文學獎

海市雲生果有不？蘇津曾見說前修。迷離闤闠三千里，掩映蓬萊十二樓。莫是仙家相鬥法？甯非龍女偶嬉遊？世間萬事都如此，悟徹玄機興轉悠。

頭城過無爲室追懷 康灩泉老先生

民國九十三年教育部文藝創作優選獎

數聲鄰笛起山陽，切切隨風欲斷腸。室訪無爲懷故主，人亡一例憶甘棠。鍾、張難與分軒輊，顏、柳應教共頡頏。曩日栽培感知遇，摩挲遺物淚雙行。

基津秋霽

一九六七年基隆市全國詩人聯吟大會

人來雨港挹涼飆，雲淨風清逸興饒。地聳雞峰呈瑞氣，天留鱟嶼障狂潮。輪扶大雅開高會，鼓吹中興答聖朝。坐賞秋光詩細翦，獅球嶺外雁聲遙。

中秋後一日謁三清宮　一九七一年宜蘭縣全國詩人聯吟大會

中秋過後日昇時，頂禮三清上玉墀。自是眞人居洞府，只餐火棗與交梨。鷺鷗槎泛宮遊月，元白壘擢珠得驪。夢斷黃粱客初醒，滔滔濁世正如斯。

蘇津展望二首　一九七八年宜蘭縣冬季詩人聯吟大會，第一首掄元。

蘇津冬日景尤嘉，瞭望人來逸興賒。天爲蘭疆留鎖鑰，地傳蜃市燦雲霞。輪船進出工商振，貨物輸通海陸誇。淡水梧棲休並論，優良形勢冠中華。

其二

冬晴蘇澳萃詩家，雲斂烏岩瞭望賒。港特深寬宜駛艦，衢連南北可驅車。相依一水通韓日，直溯平洋達美加。促進工商強國力，合爲浚渫起沉沙。

冬日遊蘭陽

一九八二年十一月二十八日東北六縣市詩人聯吟大會於宜蘭

朔風送我返家鄉，一路逶迤橘柚香。龜嶺崚嶒飛冷翠，龍潭瀲灩發寒光。昌騷循吏懷廷理，下馬摳衣謁士芳。更向吳沙堂上去，有人爲說拓蘭疆。

註一　廷理，指楊廷理，雲南人，清代第一位宜蘭行政首長。

註二　士芳，指楊士芳，宜蘭縣唯一進士。

註三　吳沙，漳州人，最先開拓宜蘭者。

初夏碧霞宮雅集

仰山吟社例會

薰風解慍爽吟懷，獻翠琅玕雨後佳。此日碧霞瞻玉闕，當時朱鎮泣金牌。千秋未雪寃三字，兩帝蒙塵恨靡涯。讀到滿江紅裡句，低徊不覺夕陽斜。

陽明山莊雅集

莊在礁溪係高宗驥詞兄別墅

酴醾香盡怯寒春，騷客聯翩訪故人。茉莉茶香當日採，茅台酒美十年陳。窗含龜島雲千疊，門對龍潭月一輪。片刻陽明莊上臥，霍然養足氣精神。

梅湖春色二首

浮沉日月絕塵囂，形似梅花碧似綃。宮傍三清涵紫氣，波平萬頃接靈霄。埋憂客到滄洲近，索笑人來俗慮消。疏影暗香春旖旎，清遊得意馬蹄驕。

其二

鑑湖十里景嬌嬈，攬勝人來雅興饒。彩鷁乘風趁元夕，明蟾戲水耀中宵。爭妍梅柳環珠嶼，潑剌魚龍聽玉簫。五宿澄波歸緩緩，春光細翦樂逍遙。

江村曉霧

蟠舍田園認不眞，茫茫煙靄鎖凌晨。不知江霧千村暗，疑是京華十丈塵。豹隱南山懷駿士，龍噓北澳困漁民。願教旭日當空照，散盡陰霾大地春。

慶祝北迴鐵路通車

北迴路闢合時宜，勝日通車快展眉。禹鑿龍門猶若是，鑿開蜀道亦如斯。暢流貨殖符民願，促進觀光裕國基。慶祝竣工騷客萃，元音丕振海之湄。

梅湖秋色二首

第三屆蘭陽文學獎

三清宮外水浮光，散策人來引興長。湖似玉梅深淺翠，天飄金粟邇遐香。

其二

鑑湖風景冠蘭陽，上下澄清菊蕊黃。詩在階前籬畔處，偶然拾得句猶香。

鑑湖垂釣二首　第三屆蘭陽文學獎

載酒梅湖泛釣船，翛然一覺伴鷗眠。太公已逝嚴公杳，落日西風獨自憐！

其　二

朝朝垂釣鑑湖邊，富貴如雲命在天。最是過江名士鯽，一鉤香餌不流涎。

冷泉二首　第三屆蘭陽文學獎

清泠好比金莖露，甘潤眞同玉醴泉。濯滌髮膚兼沁骨，滿泓寒脈出天然。

其　二

全臺勝地惟蘇澳，舉世聞名出冷泉。珍貴資源非易得，合爲開發廣宣傳。

北關海潮

噶瑪有關皆向北，蘭陽無水不朝東。海如碧綯奔蹄馬，人似香泥印爪鴻。

註　北關海潮，為蘭陽八景之一。

漁村破曉

陣陣腥羶渡曉風，歸舟曬網日昇紅。焉知溪畔垂綸處，不有高人隱此中？

漁笛

橫吹一曲韻高低，罷釣歸來月滿溪。如此良宵如此景，梅花落盡太清淒。

鑑湖垂釣

一竿垂釣鑑湖邊，箬笠簑衣快若仙。細雨斜風都不管，得魚沽酒未忘筌。

浪花

瓊葩萬朵綻汪洋，脈脈含情蘸夕陽。風信乍疑過廿四。梨花漂蕩送東皇。

看山

凌雲萬仞隔塵寰，直欲摩天脅息間。悟得攻書當若是，一峰突出眾峰環。

觀海

鯤化鵬專搏入眼中，怒飛千里蔽長空。靈禽出處非無意，蕞爾何知笑二蟲。

註 「二蟲」：指蜩與學鳩。《莊子．逍遙遊》：「鵬之徙於南冥也，水擊三千里，搏扶搖而上者九萬里。……蜩與學鳩笑之曰：『我決起而飛，搶榆枋而止，時則不至而控於地而已矣，奚以之九萬里而南為？』適莽蒼者，三飡而反，腹猶果然，……之二蟲又何知？」

踏青

綠蕪輿踏趁春晴，樹囀黃鸝似管笙。斗酒雙柑有餘味，絕勝飽食五侯鯖。

西隄冬曉

西隄似睡露猶滋，凍霧初消月落時。海絢紅霞山獻瑞，金光萬丈耀天池。

蘭陽賞雨二首

蘭陽霢霂千絲落，草木滋榮一色新。怪底東坡亭誌喜，更令子美筆如神。

其二

霏霏細雨浥輕塵，天眷蘭陽德澤勻。際遇騷壇開盛會，催吟秀句振精神。

屯山殘雪　一九六九年一月十四日瀛社

屯嶺留些雪，餘寒尚聳肩。銀花開路樹，瓊蕊落雲天。覓句人三兩，尋梅客幾千。昨宵聞擊壤註，六出兆豐年。

註　帝堯之世，有八九十老人擊壤而歌，見《帝王世紀》。其辭曰：「日出而作，日入而息。鑿井而飲，耕田而食。帝力於我何有哉！」

屯峰觀潮　一九六七年九月十日瀛社

振衣屯嶺上，觀海客停驂。潮漲曾資鄭，浪翻似嘯龍。千層晴變曀，萬疊白陵藍。孰武東坡筆，詩成酒半酣。

註　潮漲曾資鄭：「鄭」指鄭成功。明永曆十五年三月朔，鄭成功率戰艦數百艘載兵二萬五千，從鹿耳門進攻，荷人沉舟塞鹿耳。一夜水驟漲，鄭軍飛渡。荷人詫為從天而下，於是困荷夷於安平。至十二月荷酋揆一以城降。

雙溪訪宜民（義德）父執不遇

言師采藥去借句，覓句步松陰。坐看雲時起，還欣陸未沉。聲華蜚藝苑，辭賦重儒林。漫道斯文喪，瀛寰聽鐸音。

慶祝建國七十週年全國詩人聯吟大會感賦

忝獲第一名

建國星霜七十更，鑾詩北縣萃群英。貂山勝日開高會，鷺侶同心復舊京。薪膽共追勾踐志，涓埃未減少陵情。探驪於我原餘事，摛藻思揚大漢聲。

註　詞宗許君武評：「前四句已涵蓋全題，五、六句引申得體，人我俱到。而以矯健之筆作結。探驪得珠，自負不凡。」

陽明山賞梅八首

第十三屆臺北文學獎佳作獎

山上陽明冒冷霜，鞭絲帽影過華岡。眾芳搖落無殊色，半嶺離披有異香。何處賞心傾蟻醁？有人點額襯梅粧。白頭相對情何限，驢背詩成喜欲狂。

其二

暗香疏影斂冰姿，似怨迎春不入時。眼望攀條來陸凱，心期索笑莅朱熹。最憐檀板金樽共，獨怯江城玉笛吹。自是花魁標國色，成名從未藉胭脂。

其三

一邱一壑自風流，吟望人來逸興遒。恰似秦觀遊庾嶺，也同何遜在揚州。濃妝詎許隨桃杏，淡抹偏宜契鷺鷗。爲問佳人緣底事，年華未老白盈頭？

其四

疑是瑤臺闕下逢，瓊枝節比後凋松。含苞不待春風拂，破萼先於臘鼓鼕。明月前身有殊相，美人遺世自雍容。共憐簪盍吹葭後，玉蕊參差影萬重。

其五

借得東風第一番，花開萬朵綴芳園。廣平心已如鎔鐵，和靖詩成欲斷魂。漢苑歸來空有跡，羅浮夢醒了無痕。記曾沆瀣聯聲氣，此日巡簷笑語溫。

其六

縞袂相逢倍有情，憐渠綠萼裏瑤英。天然裝束無雙品，月旦論評第一清。我自沁脾同雪嚼，伊誰染指俟羹成？不求聞達饒高節，遯隱深山寄此生。

其七

離離萬樹倚山栽，清淺橫斜傍水隈。氣足故應躐冬至，天寒端賴送春來。林間起舞持笙籥，月下豪吟對酒杯。省識南枝高格調，香浮豈待暖風催？

其八

照眼園林景色新，梅花欲度柳前春。餐霞僉說眞名士，倚竹無言是可人。占斷風情彌淡泊，包藏仙貌更清純。致身不仗司香尉，媚世群芳漫比倫。

陽明山賞櫻八首

扶桑移植到蓬萊，蓓蕾離披三月開。雨潤風和舒綠葉，律回日暖映丹顋。仙姝薄醉沉酣去，騷客尋春帶榼來。坐擁重緋人酩酊，翻疑相見在瑤臺。

其二

借得東風第一番，陽明春日燦芳園。朱櫻欲綻先開眼，翠羽如知合斷魂。遊客幾疑桃葉渡，行人錯認杏花村。憐渠氣質蜚殊俗，邂逅偏宜狎酒樽。

其三

二月陽明景色新，櫻花帶雨怯還嗔。姿容綽約含朱淚，體態嬌嬈點絳唇。歷盡雪霜堅氣骨，飽經風露振精神。尋詩苑內情何限，相對如逢姑射人。

其四

芳苑重遊喜乍晴，彌漫花霧綻繁櫻。色凌芍藥無雙豔，香勝酴醿一段清。顧我伶俜垂暮氣，憐渠綽約解風情。由來麗質原天縱，便買胭脂畫不成。

其五

清遊結伴趁芳時，為賞名花合有詩。覓句忘餐人獨立，含苞未放蝶先知。年華不老丹侵骨，羞怯翻疑酒暈肌。只恐奇葩將謝去，徘徊園內識歸遲。

其六

攬勝欣同大雅群，彌漫山靄碧氤氳。雲收雨斂花初放，韻險詩成酒半醺。翳樹酡顏輝絳帔，窺人羞頰映紅裙。眼前紗帽山名霞成綺，坐賞繁櫻到夕曛。

其七

觀櫻且曳水雲筇，雨霽陽明樹更穠。破萼最憐先躑杏，賞心絕勝後凋松。香飄鯤島三千界，彩絢蓬山十二重。明月前身當若是，美人遺世自雍容。

其八

櫻花坐對自依然，猶似苔岑結勝緣。絳杏休誇工鬥豔，夭桃漫詡擅爭妍。華容月旦空今古，氣韻風評得地天。占斷幽情高格調，名揚芳苑永流傳。

九日大屯山遠望

一九六二年臺北市全國詩人聯吟大會

九日屯峰醉麴香，海天吟眺兩茫茫。白雲深處家安在？紅葉飄時客異鄉。簪菊人紛師杜牧，插萸我獨學長房。無端兩岸如胡越，骨肉流離感慨長。

九日遠眺

登高九日挹風金，嵇阮相將上翠岑。佳節憑添羈客淚，歸帆桭觸故園心。插萸已惹王維感，簪菊偏教杜牧吟。極目鄉關何處是？淹留贏得鬢霜侵。

野柳探勝

一九六七年三月十九日瀛社

野柳風光眾口傳，春晴攬勝客聯翩。鯨翻鼉吼千層浪，海晏風恬萬里船。巧樣弓鞋置姑射，銷魂雲鬢賽貂蟬。流連恍入蓬萊境，觸目神奇嘆大千。

春日遊義德山莊

一九七八年，山莊在新北市雙溪區坪林里。

雙溪雨霽草芊芊，人日貂山訪隱賢。水暖鳧鷗來戶外，春回桃李舞堂前。躬耕南圃陶元亮，身臥東林孟浩然。滌盡煩襟應最樂，寢經饋史老彌堅。

花朝陽明山攬勝

一九六八年花朝瀛社六十週年全國詩人聯吟大會

草山攬勝趁花朝，淑氣氤氳逸興饒。日暖風和鶯語滑，泥香莎潤馬蹄驕。騷人拾翠雨初霽，櫻樹搖青露未消。十里芳園圖一幅，流連忘返樂春韶。

春日謁臺北延平宮

延平宮謁趁花朝，淑氣氤氳逸興饒。志輔桂王復明室，指揮虎旅覆清朝。牛皮虜遁餘兵甲，鹿耳神扶漲海潮。太息朱明天不佑，鯨騎滄海霸圖銷註。

註　相傳鄭成功為大鯨轉世，是其指麾伐臺也，則曰：「大鯨東去海門青。」（施士洁《和臺灣雜詠》）；繼兵臨鹿耳門，則曰：「鯨魚冠帶海門過。」（范咸《再疊臺江雜詠》）；及其卒也，則曰：「鯨鯢勢絕波濤靜。」（胡建偉《懷靖海侯賦》）

丁未元旦謁臺北孔子廟 一九六七年

丁未椒花獻頌時，稻江文廟謁先師。麟經一部崇中土，木鐸千秋化外夷。道貫古今誰步武？德參天地獨爲之。異端邪說橫行日，儒教宏揚固國基。

猴山曉翠 一九七八年於指南宮

雞聲破曙上朝暉，猴嶺人來坐翠微。淡水蜿蜒看隱約，稻江闤闠認依稀。緩尋芳草雲攏袖，細翦春光露濕衣。陡聽蒲牢敲百八，步虛聲裡悟禪機。

鳶山登眺

箕踞鳶山眺四方，淡江似練接濤荒。北投地迥連關度，西帽山遙接瑞芳。覓句人來楓徑外，敲詩客萃菊籬旁。景公牛嶺空垂淚，千載天衢笑老莊。

顧氏家園

銀河邨左出高軒，到此令人想輞川。曲水徑邊藍戶外，雙峰雨後翠窗前。看雲倚劍遙邦國，作畫觀書遠市廛。小隱懸知多發興，細裁風景耀詩篇。

註　江蘇顧漢昭先生，在新北市新店區大崎腳所建別墅。

士林官邸賞菊用少陵《秋興》韻八首

憶菊

蔣公邸第賞花林，北院南軒氣鬱森。虎爪故園憐寂寞，蟹螯舊苑鎖清陰。餐英已遂三閭志，對酒長開元亮心。菊圃低徊漫惆悵，不堪歲暮急霜砧。

註　虎爪、蟹螯，皆菊名。

訪菊

重過御苑夕陽斜，颯颯西風感鬢華。稅駕依稀遊栗里，兼程未省犯牛槎。籬邊把酒酬佳節，邸外伊誰奏暮笳。傲雪凌霜標正色，昂昂睥睨洛陽花。

賞菊

黃英漫賞負朝暉，園徑徘徊浥翠微。照眼最宜風雨歇，壯心豈畏雪霜飛。徜徉北市情難已，嘯傲東籬願不違。花與詩人同一樣，道衰蒿目戰臞肥。

供菊

氣爽天高好弈棋，卻因搖落使人悲。銅瓶玉盎安排後，雪蕊雙葩供養時。逝矣少陵常夢想，悠然靖節每神馳。託根盆瓦乾坤大，風雨難侵有所思。

簪菊

士林邸倚大屯山，翠靄赬霞繚繞間。遍地籬金迎日曉，滿城風雨近年關。但教菊蕊繁簪鬢，奚用梅花以點顏。此樂景公終不會，牛岑千古淚班班。

醉菊

黃花佳釀勝扶頭，酩酊籬東度九秋。三徑離披開萬朵，一樽端合解千愁。心猶如故寄青靄，事未忘機愧白鷗。山自傾頹人傲骨，嗤他羯鼓醉梁州。

問菊

駐顏靈驗有神功，此說誰題麴部中？底事枝榮霑玉露？果眞花放待金風？王郎是否衣穿白？陶令寧無煩泛紅？一自樊川歸去後，東籬醉倒幾詩翁？

畫菊

柴桑山郭自逶迤，點綴陶家近野陂。徑畫兩三凌雪蕊，籬描四五傲霜枝。憐渠歲晚容偏淡，愛彼秋深節不移。是畫是花倩誰辨？傳神一幅萬年垂。

淡水紅毛城註

紅毛已杳息紛爭，故壘猶存百感生。白荻蕭蕭迷雉影，蒼松謖謖發龍聲。劇憐一角天荒地，爲有孤城浪得名。人物風流俱往矣，斜暉脈脈不勝情！

註　淡水紅毛城，在淡水街末端丘上。明崇禎元年（一六二八），西班牙入侵此地時所築「聖多明峨」城城址。迄今已歷三八八年。迨荷蘭人驅逐西班牙人，又重新建築。鄭成功領臺後，亦曾修葺，今已部分毀損。城下空餘廢砲四尊，令人興弔古之感。

臺北城懷古

城夷難覓是西門，指顧譙樓雉有痕。側望重熙東景福，南瞻麗正北承恩。倭人占後成新市，丁鶴歸來失舊垣。百廿二年三易主，不謨似日照乾坤。

癸亥花朝北泉讌集

北泉雅集趁花朝，騷客聯歡淑氣饒。蝶板低徊紅白蕊，鷗波高下去來潮。江山嘯詠詩千首，人事追懷酒百瓢。放浪形骸偕老少，留連忘返惜春韶。

新莊訪友

一九七四年十月十三日高山文社雅集於陳根泉宅

新莊訪友趁良辰，把酒聯歡樂主賓。一別未忘雞黍約，萬鍾爭及鷺鷗親。巴山夜雨留佳話，秋水蒹葭慰故人。不盡依依勉還轄，多情斜月照歸塵。

淡水紀遊

一九六七年瀛社秋季例會於淡水，次唱雙元。民國九十年臺北公車暨捷運詩文徵選佳作獎。

滬尾重遊思渺漫，昔時征戰水猶寒。怒濤依舊兼天湧，故壘蕭條夕照殘。

過板橋林家花園二首

一九七一年

漫步荒園拾落花，毿毿衰柳日西斜。哀絲豪竹今安在？池涸庭蕪感靡涯。

其二

藻井榱題半剝離，蕭條門巷漫棲遲。雕梁不見前時燕，廊廡低徊有所思。

雲海機上作

蓋地煙雲薄四圍，兼天雪浪映斜暉。九霄一樣崎嶇甚，莫怨人間道路非。

春日結伴訪清公淡江別墅

傍水依山自結廬，一庭環翠碧雲舒。倚窗日暖禽聲碎，臥榻風清蝶夢徐。妙絕詩書唐二柳，洞明世事漢雙疏。九重長揖簪投後，三徑歸來願遂初。

烏來觀瀑

烏來瀑布掛雲梢，觸石鳴雷下碧坳。閃日流金照虹霓，穿林瀉玉起龍蛟。清遊把酒紅塵遠，坐賞吟詩俗慮拋。勝景蓬萊推第一，肯令雁宕擅前茅。

圓通寺參禪

鐘聲響徹稻江郊，寺謁圓通詩細敲。一味禪參空色相，三摩地靜傍山坳。金經參透靈臺靜，玉磬頻催名利拋。險韻吟成滋味永，楞嚴眞諦句中包。

賦得冷香飛上詩句

二〇一二年登瀛詩獎。五排十韻有引。

二〇一〇年七月三日，中華詩學研究會數十輩，赴觀音鄉賞荷作。

碧沼微颸發，泠然藻思生。興懷同茂叔，感物異淵明。嬝嬝紅雲鬧，飄颻翠蓋擎。中通蔑枝蔓，外直淨荄莖。不受淤泥染，劇憐香氣清。凝妝教月閉，絕豔蒞鴻驚。採藕聯珠瀉，探花碎玉傾。凌波儀綽約，解佩態輕盈。容與恣流眄，端詳寄遠情。盤桓乞青女，莫謾損敷榮。

丁亥九日峨眉湖即事

重陽雨初霽，結伴翦秋光。不負題糕約，驅車到水鄉。峨眉湖畔天開畫，竹塹城南氣鬱蒼。髮短有纓防落帽，才疏無句進奚囊。插萸我樂風隨俗，簪菊人嗤老更狂。一念蒹葭情萬里，相逢鷗鷺醉千觴。齊山陟涉詩追杜，滕閣攀登序繼王。今日清遊應盡興，共扶風雅姓名揚。

新竹孔廟遷建廿週年紀念

新竹市主辦中北部七縣市詩人聯吟大會第一名

孔廟遷興廿載遙，宮牆萬仞聳雲霄。鯤瀛禮樂千秋盛，竹塹文章四海昭。鼓吹中興宏聖道，輪扶大雅挽狂潮。仲舒氣節昌黎志，儒術宣揚紹舜堯。

遊蓮座山

座落大溪鎮，一九六七年扈從黃鑑塘廖心育二老朝山。

觚稜隱約白雲橫，頂禮人來滯慮清。磬韻鐘聲六根淨，心猿意馬一時平。耳聞佛偈忘榮辱，心悟禪機淡利名。八水雙林通指顧，皈依蓮座遂初情。

祝中壢市成立

一九六七年中壢市全國詩人聯吟大會

市升縣轄翕心衷，車馬雲屯慶典隆。睥睨桃園人力富，盱衡鯤島賈商雄。天留遍野膏腴地，世慕全民儉樸風。執政諸公匹黃龔，鑿詩誌盛仰豐功。

祝桃園縣圖書館完工

落成東閣鬱崔嵬，環翠清幽絕點埃。十萬卷書供借閱，二千學子盍興來。曹倉一角培鴻士，杜庫千秋育駿才。絕勝高談於稷下，孜孜他日賦追枚。

竹塹聽雨二首

竹城風雨晚頻仍，霧鎖千山暗幾層。鳩喚村郊鄉思切，鵑啼江畔客愁增。勸耕炊黍陶元亮，潤物催詩杜少陵。孤館瀟瀟人意懶，短檠相對感難勝。

其二

灑枝濯葉忽傳膡，震瓦敲窗感不勝。滴碎鄉心家萬里，撩愁遊子夜孤燈。北亭誌喜懷蘇軾，東牖催詩憶杜陵。淅瀝聲中人不寐，賣花欹枕待晨興。

秋日遊後慈湖二首

入眼秋光似畫圖，修柯積翠接清虛。赬霞掩映凌雲鳥，淥水迴游縱壑魚。祖德宗功資勗後，絲麻菅蒯不忘初。滄浪照影何澄澈，一掬纓塵盡濯除。

註 按慈湖本名埤尾，又名洞口。南宋時，楊簡（字敬仲，學者稱慈湖先生。）為蔣公先祖蔣琚之恩師。用是，將埤尾易名為慈湖。五、六句本此。

其二

彷彿丹青一幅圖，槐榆沆瀣翳空虛。驤頭曩日人瞻馬，赬尾當年孰愍魚？菊放最憐秋雨後，人來好趁曉晴初。多情祇有簷前月，猶爲行宮照玉除。

合歡山

民國九十三年教育部文藝創作優選獎、二〇一二年登瀛詩獎。註一

當年五馬說奔江鄭成功高祖葬處，形家謂「五馬奔江」。，雲蹴婆娑洋世界。東寧地脈勢龍嵸註二，西向喧豗水萬派。北聳雞籠何突兀雞籠積雪為臺灣八景之一。，南盡馬磯始差殺註三，合歡綿亙跨南投，四季風光明似畫。倬彼嵯峨欲拂天，晴空萬里淨雲煙。破曉奇萊山名星乍落，六龍御日出花蓮。咫尺石門山名若培塿，白雲縹緲雪山巔雪山為臺灣第二高峰僅次玉山。。精神萬化相冥合，俯首群峰快若仙。卻看湍瀑向溪奔，甲大甲溪、肚大肚溪、濁濁水溪、烏北港溪又名烏溪沾四縣。盡將斥鹵變膏腴，載芟、載柞皆芳甸。原住民居仁愛、信義鄉，南東其畝菜庭院。我來正值三冬候，豐年祭罷恣歡讌。江山毓秀且嬌嬈，多少英雄競折腰。一自陳稜宣略後相傳隋虎賁陳稜曾略地臺灣，鄭成功建開山王廟祀之。，草雞註四、金豹註五姓名標。勝朝孱棄如甌脫，鯤海揚塵五秩遙。人物風流俱往矣，靈山依舊鬱岧嶢。

註一　合歡山峰嶺綿亙，跨花蓮南投兩縣，為北港，濁水，大肚，大甲諸溪之水源，主峰海拔三、三九四公尺，莊嚴華麗。孟夏，山花怒放，絢爛奪目，山中雲氣，蒸蔚巖谷間，望

之若海。冬季，落雪結冰，可供溜冰場。合歡山啞口海拔二、五六五公尺，即橫貫公路主線東西兩段分野，亦為霧社支線分歧點。武嶺在石門合歡東峰之間，路基標高三、二七五公尺，為全省公路最高處。

註二　《赤崁筆談》云：宋朱子登福州鼓山占地脈曰：「龍渡滄海，五百年後，海外當有百萬人之郡。」今按宋至清初年數適符。又云：「福州五虎山入海，首皆東向，是氣脈渡海之驗。」

註三　在臺灣極南，山巃嵸挺出，直抵海中。自傀儡山，蟬聯而下至此盡，外為大海。往呂宋洋船，往來皆以此山為指南。按「馬磯」即「沙馬磯山」，今稱鵝鑾鼻。

註四　明末廈門人掘地得磚，有「草雞夜鳴，長耳大尾。」字凡四十。「雞」為酉，合草頭、長耳、大尾為「鄭」字也。

註五　施琅得罪鄭氏，匿廈門港亂石中，有老人云：「此金錢豹子逃難也！」見固凱「廈門志」。

霧社吟

空水色澄鮮，山椒雪初霽。萬大南奔湊，能高東映麗。合歡何崔嵬，埔里猶霾曀。微興悠然愜，指顧岡巒勢。碧血壯牌樓，低徊感不休。成仁天地慟，赴義鬼神愁。獻馘揚餘烈，喪元靡孑留。生芻呈一束，浩氣冷於秋。百代仰精忠，男兒當若此。閣部合齊肩，都尉難並軌。鄙哉洪承疇，只是一封豕。汲汲趨炎輩，相去亦無幾。武公纂通史，星摭遺羲娥。列傳敘彭年，姓名空莫那。謗書梨棗後，田橫涕淚多。昧昧嗟天造，烝民奈若何！

註　霧社位於南投縣仁愛鄉，海拔一、一四八公尺。北經中橫支線，可通清境農場、合歡山、大禹嶺；南接萬大水庫。有萬大支線，通奧萬大、曲冰；東鄰能高山，西連埔里。為橫斷中央山脈之必經地。四面山明水秀。中途人止關，懸崖峭壁，山路險窄。上有斷崖千尺，下有谿谷百仞，泉聲潺潺，奔瀉而下，令人不敢俯視。蜈蚣山麓，有觀音瀧瀑布三條，高各數丈。東約五公里，有廬山溫泉，並有旅社。霧社為原住民部落，阡陌交通，雞犬相聞，恰如世外桃園。原住民不堪日人暴虐，積怨甚深，屢圖反抗。一九三〇年十月二十七日，國校運動會，日人來觀，原住民乘機報復，殺倭百三十餘名，受傷者二百餘名，並襲警所國校。日人得報，派出軍警數千，圍攻霧社。更出動飛機，放射毒瓦斯。原住民被毒死千餘人，部分遁入深山，餘被困，集體自殺，寧死不屈。一九五三年春，建立霧社起義紀念碑，故陳誠院長，題有「碧血英風」四字。碑前牌樓矗立，碑後是大理石建造之抗日首領莫那魯道墓。墓壁上有青綠色浮雕圖案，描繪莫氏領導抗日一事。四周栽種緋、白櫻花甚多。春節前後，萬紫千紅，織成一片燦爛春景。連雅堂纂《臺灣通史》，抗日英雄丘逢甲、吳湯興、徐驤、林崑岡、吳彭年、唐景崧及劉永福等，皆為列傳，而未述及莫那魯道壯烈行狀。司馬遷善傳游俠，獨遺田橫。天造昧昧，夫復何言！

冬日遊溪頭註一

稍憩鹿谷鄉，旋詣鳳山麓。拾級元氣間，排闥柳杉矗註二。白雲盪幽懷，青靄塡枵腹。攬勝溯溪頭，環顧愜心目。池畔飄黃葉註三，葳蕤落羽松註四。蘭若何芊蔚，嫋嫋露華穠。絡繹尋芳客，徙倚漫扶笻。柑酒聽鳴禽，忍俊發怡容。攀躋雲外嶺，曲徑鋪銀杏註五。神木凌霄漢註六，立途匠棄幸。霴霴日月潭，皚皚玉山頂。逍遙子定亭註七，不覺衣裳冷。

海外留仙嶠，棫樸越嫣、姫。修柯蔽天地，常覿鳳來儀。云余原蹇劣，閒散自相宜。悠然歌詠志，謂遇聖明時。

註一　溪頭森林遊樂區，位在南投縣鹿谷鄉鳳山麓。海拔一、一五〇公尺。係臺灣大學農學院實驗林，七個林管區之一。面積約二、二五〇公頃。區內茂林修竹，四季涼爽。朝暉夕陰，氣象萬千。一年四季，遊客絡繹不絕。

註二　柳杉係日據時代，自日本移植。樹冠呈尖塔形如聖誕樹，修柯戛雲，景象壯觀。

註三　池，指大學池。大學池因溪頭隸屬臺灣大學而得名。水池面積達半公畝，水深約十公尺。池水清碧，池上架有拱橋，約五、六丈長。用孟宗竹搭建，造型獨特。偶爾迷霧上升，恍如夢境。

註四　大學池旁有五株自美國引進的落羽松。落羽松名稱之由來，是因其葉片如羽毛，秋末黃葉隨風飄下，恰似羽毛緩緩而降，極為愜目。

註五　銀杏係日據時代，東京帝國大學演習林（臺大實驗林前身），將銀杏培植在溪頭，臺灣只能在此見到銀杏林。銀杏高大挺拔，春日吐新芽，夏日翠綠濃陰，秋日黃葉蕭颯，遍地金黃，冬日枯椏寂靜。銀杏又稱公孫樹，因須數十年至百年始能長成大樹，而栽種者已白髮皤皤，兒孫滿堂。

註六　溪頭神木，是活的紅檜巨木，約二、八〇〇年歷史。高四十六公尺，合圍十六公尺。千年神木，懷抱著百萬年的巨石，卻生機盎然。使人憬悟著「老吾老，以及人之老。」的大自然彝訓。

註七　此為紀念王子定教授的涼亭。

老松古柏怪石——萬景藝苑紀遊

並序。柏梁體。

二〇一八年七月九日，隨三重正義國小志工隊百餘輩，赴彰化縣溪湖鄉萬景藝苑參觀。該苑為財團法人臺灣樹木種源保育基金會所有。苑中老松古柏怪石，係當初開闢北中南橫貫公路時所棄置於道旁，董事長陳蒼興先生從中斡旋，經申請獲准後，遷徙於本苑者。搬運過程備極艱辛，譬如大貨車由深山而至市區，遇樹高橋低，無法通過，必須卸下輪胎，然後用拖車牽引等。此外尚有來自東亞牙牀寶帳、石雕十八羅漢及紫檀古典家具等，品類繁多，不及備載，爰記之云爾。

蔣元戎昔揮天戈。光復臺灣逐東倭。勵精圖治哲賢羅。橫貫路闢隳嵯峨。老松古柏徙根柯。叱羊射虎怪石多。溪湖陳氏德堪誇。簽蒙核准載回家。枝條風動舞龍蛇。溜雨霜皮歲月遐。黛色參天奪紫霞。森森靈氣接雲嘉。鳳鸞香引宿椏杈。大材難用空咨嗟。週遭罨畫佈琪花。徑外尋詩逸興賒。磷磷五色媲瓊珂。萬億年前遺女媧。或似奔驥或馳騧。或如鳳翥或龍拏。冤禽欲塡海無涯。秦帝曾鞭玉有瑕。拜手傳來一笑譁。點頭贏得眾摩挲。底處悲嘶奏暮笳。流連不覺夕陽斜。憐渠爲善自年華。造福人寰道德馱。緊余蟻磨日蹉跎。石火光中駒隙過。思齊空欲法丘軻。學易逾時奈老何。

遊日月潭

一九六三年九月新婚旅行途次作

十里婆娑水，雙輝日月同。舟行魚潑刺，檣倚鳥呼風。塔勢雄珠嶼，鐘聲起梵宮。原民俗淳樸，歌杵樂融融。

秋日卦山攬勝

一九六七年彰化市全國詩人聯吟大會

西風一嘯卦山登，故壘蕭蕭蔓野藤。紅葉滿山似含淚，黑旗抗日憤填膺。乾坤定矣龍皈佛，猿鶴何之理問僧。弔古戰場來剔蘚，緬懷英烈感難勝。

註

卦山：即八卦山。又稱「寮望山」、「定軍山」。登臨山頂一望，彰化市形勝一覽無遺，抑且可遠眺大肚山麓及鹿港海上波濤。《臺灣府誌》：「寮望山，廣漠平沙，孤峰秀出。」是故「定寨望洋」為彰化八景之一。雍正九年二月平埔族道卡斯族大甲社在此地作亂，焚屋殺漢人。翌年六月福建陸路提督王郡率兵弭平之。巡臺御史倪家愷在山上建立一亭，取名「鎮番亭」，稱該山為定軍山，以記其功。然則，為何改稱為「八卦山」？乃因嘉慶彰化知縣胡應魁在縣署後建一太極亭，基於易經的「太極生兩儀，兩儀生四象，四象生八卦。」之義，故取名「八卦山」。光緒廿一年，日本依據馬關條約，派兵接收臺灣，由大肚侵入彰化。劉永福黑旗軍在八卦山抵抗，相持數日，卒以眾寡不敵，壯烈犧牲，後人憑弔，深為景仰。該山海拔九十六公尺，即一丘陵，在彰化城東。除原有寮望亭外，增建七丈二尺之大佛像、八卦亭、卦山館、溫泉、餐廳及銀橋等，供客游憩為中臺名勝之一。

南投孔子廟藍田書院濟化堂二十週年堂慶誌盛二首

一九八〇年全國詩人大會第一首忝獲第一名

地靈人傑數南投，濟化堂登感未休。歲月推移剛廿載，詩文教誨獨千秋。藍田肅穆繁桃李，魯殿巍峨萃鷺鷗。大會宏開詩紀盛，宣揚道統播遐陬。

其二

謹庠序教譽南投，作育菁莪禮義修。鼓吹中興執牛耳，輪扶大雅占鼇頭。臺灣青史無雙譽，書院藍田第一流。棫樸掄才逢廿載，爭看藝苑記勳猷。

閱讀南投．詩詠日月潭四首

民國一〇〇年南投縣政府舉辦全國徵詩第一名

瀲灩波濤閱古今，迷離鮫室一何深。潭涵日月方晴霽，雲鎖乾坤變暮陰。奇力魚肥人膾玉，南投柑熟客分金。風情別致相招引，裙屐聯翩絡繹臨。

其二

太極初分別有天，潭成日月客留連。瀰漫碧水銀河瀉，照徹青山玉鏡懸。榜枻衝霞看泛棹，榱簷環嶼見浮田。風光如此偏難詠，儉腹深慚李謫仙。

其三

波影潭光歎大觀，四圍雲樹競飛攢。金烏澡浴天開畫，玉兔輝沉水映丹。漁火迷離詩夢擾，杵歌斷續酒杯寬。味勝眾蔌貓兒筍，香冠群芳鳳尾蘭。

其四

曾聞黃帝失玄珠，掉落魚池境幻殊。南北剖分成日月，晨昏點綴集鷺鳧。鮫人織績龍宮出，痲達註一凌波蟒甲註二趨。除卻蓬萊無此景，漫將倫比洞庭湖。

註一　痲達，原住民未婚男子之稱。

註二　蟒甲，原住民對獨木舟之稱。

九九峰

第三屆登瀛詩獎（二〇一二年）

戞日摩天九九峰，草屯勝概冠瀛東。高標四海乾坤壯，矗立千秋氣勢雄。迤邐撐空如玉筍，玲瓏承露似金銅。層巒俯壓猶培塿，齊向名山一鞠躬。

華嚴寺曉鐘

二〇一五年鹿谷大華嚴寺主辦全國徵詩比賽第一名

華嚴一杵醒三千，韻渡巖阿欲曙天。鏜鞳悠揚喧鹿谷，噌吰斷續震鯤壎。十年喚醒樊川夢，五夜思參慧遠禪。敲墜鳳凰山頂月，餘音尙繞海雲邊。

註　詞宗鄧璧先生評：「典雅清新，結句尤有雙關意。」

文化城秋集

臺中市全國詩人聯吟大會

城登文化趁秋高，鬥韻攤箋意氣豪。叢菊花開欣插鬢，風人簪盍喜題糕。言教腹捧東方朔，動見心儀北郭騷。詩酒聯歡皆盡興，玉山頹倒樂陶陶。

彰化縣牙醫師公會成立卅週年誌盛

一九八〇年十一月彰化市全國詩人聯吟大會

籌成公會卅年更，盛典宏開萃傑英。齒頰雙排工矯正，才牀百病擅醫精。仁心仁術謳昭代，立德立功享盛名。咀嚼方便碑載道，蒸蒸榮譽遍彰城。

雲海

一九六一年宿廬山溫泉旅社晨望作。民國九十三年教育部文藝創作優選獎。

氤氳滿陵谷，白浪與天齊。不見龍飛起，惟聞鳥鵲啼。

鐵砧山懷古註

山氣遙瞻日夕佳，由來王劍此深埋。年年最是清明節，聚哭群鷹感靡涯！

註　在大甲鐵砧山上，明永曆十六年（一六六二），農曆五月初四日，鄭成功率艨艟艦隊，越海由南北上。至大安港外，遠望銀碇山（鐵砧山）上，有烽火白煙。疑有異，便由大安港南登陸，至大甲鎮北紮營（即今營盤口）。兵馬疲乏，且水多瘴毒，士無鬥志。成功禱天，拔劍插地，甘泉湧出，眾軍歡躍。泉聲劍氣，光芒沖射，土番疑有神助。後人於泉旁銘石曰：「國姓井」。光緒十八年（一八九二），鄉民立碑紀之。略謂：井水大旱不涸，年年清明前，有群鷹自鳳山來，聚哭不已，疲憊不止。或云兵魂固結而成。山麓田螺，斷尾能活，謂當時螺殼棄置者，均著奇異。今井旁，有于院長書「劍井」碑字。

員林鎮立圖書館落成

一九八〇年十一月彰化聯吟大會

落成書府好修文，高聳員林遠近聞。千載論功昌教化，曹倉杜庫合三分。

阿里山

民國九十三年教育部文藝創作優選獎　註一

雲開遠見阿里山，摩肩擊轂梅園宿。裙屐徜徉奮起湖，環山遍植四方竹。疾駛森林小火車，老街日夕聽轔轆。流連結伴逛坊間，返旆纔知鎖霧縠。一鳴覘白叫天雞，暘谷谽呀士品題。五色九光驚乍現，千岩萬壑望難迷。須臾赤日眉痕露，俄頃金烏翅展齊。最是山城眞面貌，荷鋤野老事疇西。纍纍吉野綴繁瑛，姑射仙人標冷豔。不施脂粉更清香，鎭日相看兩不厭。獨酌花間何限意，頹然醒醉三杯釅。婆娑起舞嬌無力，綽約冰姿春獨占。匠石慵瞻倖得全，斧斤不伐養天年。曾聞雷雨蒼龍化，常覿虬枝白鶴眠。微物蚍蜉那得撼，側身鷗鷺卻相憐。由來材大難爲用，叔世憑誰解倒懸？慈雲寺古冠瀛堧註二，寶筏金繩引迷誤。齋沐心參解脫禪，虔求指點菩提樹。空庭喜見雨花飛，淨理能教猿石悟。舉國殷憂浸大災，乞施法力蒼生護。白雲深處駐遊蹤，嘯詠蓬萊第一峰。巉岫擎天嚴似戟，危巖瀉瀑矯於龍。登臨貝闕霄攀九，望斷塵寰霧鎖重。好是先期赤松子，太初汗漫道朝宗。

註一　阿里山在嘉義縣東北七四三公里，為玉山連峰中之一支脈。山高二千九百公尺，為臺灣最有名之古代原始林區域。林產發達，有寶庫之稱。自竹崎至獨立山為熱帶林，山地高八百餘公尺；自獨立山至平遮那為暖帶林，山地高一千八百餘公尺；自平遮那至阿里山嶺，為溫帶林，山地高二千九百公尺。全山森林茂密，有櫧、柯、楠木、紅檜等。石楠花一葉蘭，每年三、四月盛開，色紫紅，為世界名蘭。自竹崎至眠月，有七十餘公里之高山鐵路可通。火車柴油化，交通便利。森林、雲海、櫻花，為阿里山三大偉觀。民國四十二年，省府選為臺灣新八景之一。

註二　慈雲寺建於民國八年（一九一九），阿里山初期開發之際，係日人有感如印度之靈鷲山聖地而建造。並由當時曹洞宗館長，送來由暹羅（即今泰國）國王親贈之釋迦牟尼古佛一尊供奉。佛像外以銅鑄，內裝金沙，已有千年之久，極為珍貴。民國三十四年光復後，改名為慈雲寺。寺門有門聯一副云：「此地崇山峻嶺茂林修竹最奇雲海大觀是真人間勝境；到處明月清風流水激湍雖無蓬壺仙跡堪稱島上洞天。」

草嶺歌註

地鳴慘烈萬靈號，草嶺山飛出天外。巨禍行看肇須臾，梅山阻遏免爲害。無端平地變丘陵，圍成水庫塞溝澮。綿綿豪雨水瀰漫，量比明潭三倍大。多少人家浸大災，傷亡枕藉滿山隈。詰朝消息傳開後，舉國伸援雜沓來。一戶偏承天寵眷，飄颻數里慶生回。能教崇嶽添雙翼，謎底憑誰爲解開？鶼鰈蘧蘧蝶夢中，神明附耳頻呼喚：「紅羊劫至速逃離，毋復遲疑毋待旦。」連宵聒聒不成眠，起坐廳堂星燦爛。天旋地轉忽然間，餘屋連牀飛彼岸。劫後悠悠屆四年，搜奇陟涉嶺頭前。幾番震鑠憐斯地，無限悲情問彼天。深谷爲陵非妄說，挾山超海未虛傳。窺星探月同兒戲，造物千秋握主權。

註 一九九九年九月二十一日，午夜，臺灣地大震。震央有二：一在集集，另在草嶺，此詩即詠後者。按一九〇六年三月十七日，梅山大震，亦曾發生「飛山」奇事。當時係從梅山飛至草嶺（相距二・三公里）。此番又由草嶺飛回梅山，咄咄怪事。草嶺「飛山」有奇跡三：其一為一對老夫妻，震前幾日，在睡夢中，各獲神明附耳曰：「大難即至，火速逃離此地。」這對夫妻不之信，但受不了嘮叨，乃起坐客廳。俄頃，地大震。上下簸動激烈。驚嚇中，突然見到其牀鋪飛向梅山。其二為有一戶人家，全家老幼連同牲口愛車等，經過三次頓挫，竟屹立在梅山山旁。一切家物，仍然如故。其三為山飛落地，堵塞一條寒溪，並銜接左右山脊，變成一座天然水庫，蓄水量比日月潭大三倍。專家謂：「這座天然水庫，如用人工建造，須二十年，經費至少臺幣五百億。」然而造物者，只須十五秒，費用全免。不寧惟是，當豪雨不歇，水庫有崩潰之虞，專家們，開會再開會，集思「無」益。在焦頭爛額中，造物者，又突然來次強震。霎時把水庫中的水，泄去大半。真會開玩笑，變把戲。至今因久旱，水庫十之八九見底，只剩一池春水。水上幾艘遊艇，載客觀賞而已。

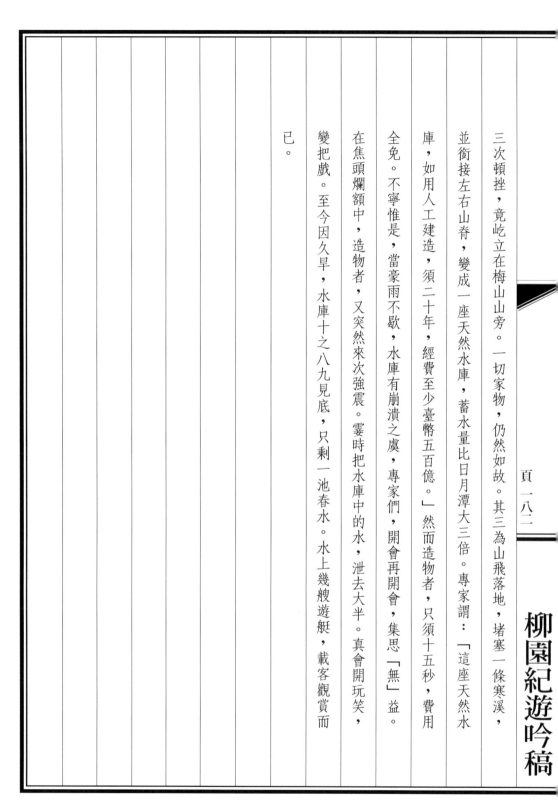

妃廟飄桂

臺南市政府主辦臺南勝景古典詩徵詩優選獎（二〇一五年）

氣壓桃花廟，香飄桂子山。蟾輝弔巾幗，蟬蛻動江關。魄化遺釵鈿，魂回響珮環。五妃魚貫後，千載鶴歸還。

虎頭埤註一

雲影迷離龜背石註二，水光瀲灩虎頭埤。天開點綴右丞畫，日上波涵忠烈祠。清淺難忘滄海變，潺湲長恨外夷欺註三。劇憐劫歷彌雄偉，嫵媚新姿勝舊姿。

註一　虎頭埤，位於臺南市新營區，東郊的虎頭山麓，係原住民大目降社所在地，清代農民開鑿以資灌溉。同治二年（一八六三），臺灣知府為之擴張，周圍約七公里，水深十七公尺。湖水紺碧，中一小嶼。埤上丘巒橫亙。棲息白鷺萬千。每當晨曦初出，群鷺翱翔上下。遊艇供客泛湖，觀魚濠上，不減蘇州之虎丘與杭州之西湖，成為臺南市四勝之一。

光復後，陸續增加景點：

（一）北側有一座十八洞的優美高爾夫球場（民國六十五年開放營運）。有會館及餐廳設備。全區綠草如茵，景色獨特而富變化。打球或徜徉其間，心曠神怡。

（二）東側有忠烈祠，奉祀一九一三年，關帝廟及大目降地區，李阿齊等抗日英雄。採傳統的宮殿式建築，朱色的祭堂和潔白的雕欄，交輝相映，莊嚴肅穆中不失典雅的風格。正堂前，種滿常綠樹，綴以涼亭、花圃，具園林之勝，尚可臨眺虎頭埤。

（三）埤旁有私人經營的騎馬場，可供遊客馳騁奔騰，別有一番野趣。且有一座青年活動中心，為臺南市公共造產。內部設備有套房、團體房、餐廳、交誼廳、會議室等。附設露營活動場地。既可揮弦眺湖，又可品藻名區。信宿其間，實人生一大享受。

（四）水滸經不斷美化後，曲折蜿蜒，更加秀麗。吊橋橫掛其中，青山倒影，風光旖旎，名列臺灣十二名勝之一。埤內有美景八處：虎溪釣月、虎嶼歸雲、虎頭倒影、閘口飛泉、江亭坐月、濠上觀魚、水橋虹彩、孤嶼螺痕等諸景。日日遊客麇集，星期例假，冠蓋如雲。

註二　埤裡有一石，形似龜背，故名。

註三　中日甲午之役，清廷敗績。根據馬關條約，光緒二十一年，歲次乙未（一八九五），割讓臺灣。臺胞不願異族統治，紛紛掀起抗日運動，前仆後繼，史不絕書。驚天地，泣鬼神。草木為之含悲，風雲因而變色。其中最壯烈者，厥為臺南關帝廟事件。關帝廟、大目降、五甲庄等地愛國同胞，置死生於度外，與日軍奮戰到底。八里坌（即今新北市八里區）義俠廖添丁亦南下支援。終因日軍擁有新式武器如槍、炮及毒瓦斯等，英雄豪傑，先後不幸壯烈成仁，廖氏僥倖得脫。日軍雖敉平事變，但亦付出極大代價，血流漂杵。因是，睚眥必報。或強暴婦女，或將臺胞拋向空中，然後用刺刀承穿五臟，或鞭驅群眾，脅落數處深坑，然後活埋之。不一而足，慘不忍睹。日軍為邀功求賞，在虎頭山額部，營建一座神社，祀其戰死將士。光復後，此座神社，被當地義民夷為瓦礫。並建請政府，在埤旁板築忠烈祠，奉祀當年殉職仁人志士。殷紅的祭堂，如英雄的遺屬，年年祭拜時所灑下的血淚；週遭碧樹，疑是英雄當年的熱血所凝成，令人神愴！

夢糖十鼓表演註一

黃塵蕭蕭白晝暗，夢糖杵舞漁陽摻。鼕鼕十鼓勢如雷，細柳軍威揚大漢。一聲霹靂捲風沙，震地驚天鶴飛散註二。貔貅百萬羽書馳，運籌帷幄如絳灌註三。龍旂夔鼓事征誅註四，氣吐長虹日月貫。操撾彷彿狂鼓史，三撾贏得千秋嘆。銜枚疾走赴戎機，破虜歸來歌復旦。露布旌功醉太平，奠定乾坤卦占渙註五。

註一　夢糖：劇場名。在臺南仁糖十鼓園區。

註二　鶴飛散：李嶠《鼓詩》：「仙鶴排門起。」易縉雲注：「會稽城門上大鼓，有白鶴飛入。」

註三　絳灌：漢初名將絳侯周勃與灌嬰。

註四　夔鼓：夔牛皮製的鼓。《黃帝內經》：「黃帝與蚩尤戰，玄女為帝製夔鼓，以當雷霆。」

註五　渙：易經卦名。是說在位者獲得民心，建大功，立大業。

謁延平郡王祠註一

唐王賜姓祚延明，凜冽英風薄八紘。地復牛皮註二鯨跋浪註三，師迴鹿耳虜降城。披榛斬棘宏圖展，整武修文霸業橫。太息天心棄朱鄭，溘然賫志敗垂成。

註一　延平郡王祠在臺南市，舊稱開山王廟，日人據臺時稱開山神社。兩廡祀明季諸臣，後殿祀鄭母翁氏，左祀寧靖王及五妃，右祀鄭孫克𡒉及婦陳氏。陳氏係謀臣永華女，克𡒉被害，絕食以殉。祠內有古梅一株。

註二　《臺灣通史・開闢紀》：「荷蘭人來，借地於土番，不可。給之曰：『願得地如牛皮，多金不惜。』許之。乃剪皮為縷，周圍里許，築熱蘭遮城以居。」

註三　鄭成功起兵時，有一僧知其前因曰：「此東海大鯨也。」見《臺灣詩錄・施士浩》詩註。又鄭成功攻臺時，紅毛先望見一人，冠帶騎鯨，從鹿耳門入，成功諸舟，隨由是港以進。見《臺灣詩錄・范咸》詩注。

赤嵌樓註一

潮翻鹿耳助驅荷，兵降牛皮草木多。陴上紅毛驚棄甲，日迴赤嵌訝揮戈。郡王往事漁樵說，帝子豐碑贔屭馱註二。物換星移秋幾度，瀛壖依舊海婆娑。

註一　赤嵌樓在臺南市，明萬曆末，荷蘭人所築，與安平赤嵌城對峙。潮水直達樓下。閩人謂水涯高處為墈，訛作嵌。而臺地所用磚瓦皆赤色，朝曦夕照若虹吐，若霞蒸，故與安平城俱稱赤嵌。以築自荷蘭，亦稱紅毛城，鄭成功曾貯軍器於此。

註二　乾隆五十一年冬十一月，彰化林爽文起事，陷諸羅、略淡水。鳳山莊大田響應，南北俱擾。清廷屢剿無功。五十二年秋八月，詔以大學士福康安為大將軍，海蘭察為參贊，率兵平之，帝大悅，泐碑紀事，用慶豐功。碑原十座，海運失一，餘九座矗立樓側。

赤嵌城　又稱安平古堡　註

春風伴我上孤城，故壘蕭蕭雉堞明。萬頃波光輝古堡，千秋痕劫認安平。騎鯨立馬紅毛杳，闢地開天赤手成。俯瞰蓬萊幾清淺，海門徙倚不勝情。

註　赤嵌城，古稱竹塹城，在臺南市安平區，亦名安平城、安平古堡。荷蘭人於一鯤鯓頂築小城，又選其麓而周築之為外城。用糖水調灰，堅埒於石。下一層，入地丈餘，而空其中，凡食物及日用品，悉貯之。雉堞釘以鐵，城上置大礮十五位，以安內攘外。

謁五妃廟　墓　註一

煙寒碣冷草離披，鵑咽淒涼月色悲。天散五雲歌玉帶，地留荒塚葬瓊枝。千秋人比桃花廟，一點犀通竹滬祠註二。巾幗從容全大節，昭昭烈烈愧鬚眉。

註一　五妃廟及墓，在臺南市東區健康路。明永曆卅七年（清康熙廿二年）六月，清水師提督施琅，率師攻澎湖，中提督劉國軒與戰，敗還東寧，潤六月，世藩鄭克塽降清。寧靜王朱術桂，以明宗室義不可辱。六月二十七日，命侍妾王氏、袁氏、荷姐、梅姐、秀姑各自擇配，皆揮淚哭別。盛妝自縊，聞者涕洟！王為合葬于南門外桂子山，乃作絕命詞曰：「艱辛避海外，總為數莖髮。於今事畢矣，不復采薇蕨。」亦從容殉國。乾隆十一年，同知方邦基為重修墓道，並建五妃廟以祀之。題匾曰：「五桂齊香」。民國四十七年，臺南市文獻委員會議定「妃廟飄桂」，為十二名勝之一，永祀節烈於千秋。

註二　竹滬祠（詳頁二〇二《過竹滬弔寧靜王》詩註）

竹溪寺　以「溪西雞齊啼」為韻　註一

春綠筠筒映滿溪，我來猶見日斜西。塵揚鯤海懷金豹註二，風捲鯨濤弔草雞註三。知命知天人自化，無生無死物能齊。清遊汗漫招提境，撩動幽懷鶯亂啼。

註一　竹溪禪寺在臺南市健康路體育場右畔，康熙二十二年（一六八三），臺灣知府蔣毓英倡建，顏曰：「小西天」。徑曲境幽，清溪環抱，有竹木花果之勝。寺旁有土山，連峰起伏。寺前有清溪環抱，周圍環植綠竹。春秋佳日，遊客如織。盛夏雨季，一抹煙霧。萬竿搖雨，儼如圖畫。近建寶塔，增築藏經樓及講經堂，推行佛教教育，古刹一新。

註二　《福建·同安縣志》：「（施琅）將軍為鄭氏所構，避居白鹿洞。見二人弈棋，一曰：『何處得生人氣？』一曰：『金錢豹子避難耳。』」

註三　王漁洋《池北偶談》云：崇禎時，僧貫一居鷺門，夜坐見門外陂陀有光，掘地得古磚，背印圓花，面刻古隸。其文曰：「草雞夜鳴，長耳大尾。干頭銜鼠，拍水而起。殺人如麻，血成海水。起年滅年，六甲更始。庚小熙皞，太和千紀。」等四十字，識者曰：「草雞二句，鄭也。干頭，甲字。鼠，子也。謂鄭芝龍起于天啟甲子也。『六甲更始』以下四句，謂：距前甲子六十年，即康熙二十二年，完全平定臺灣。」

遊竹溪寺

臺南市政府主辦臺南勝景古典詩徵詩優選獎（二〇一五年）

古剎春深綠滿溪，修篁繚繞碧萋萋。紅羊劫歷龍皈佛，蒼狗雲翻草失雞。賞景人稠留爪印，參禪我漫把詩題。小西天是忘機地，花墜無言物自齊。

開元寺

亦名海會寺、北園別館　註

北園昔奉董夫人，翠竹叢林結構新。一自霸圖鯨去渺，千秋別館日湮淪。落花滿地空啼鳥，勝事追懷倍愴神。是色是空付塵劫，皈依三寶懺前因。

註　開元寺原名北園別館，鄭成功為其母董氏建，後廢。康熙廿五年，巡道周昌，因其地有茂林修竹，乃結亭築室，為之記。廿九年，巡道王效宗，總鎮王化行，改為海會寺，亦名開元寺。佛像莊嚴，寺寬宇敞，名刹也。

夢蝶園懷古　即今法華寺　註一

人去園荒四百秋，鯨魂蝶夢兩悠悠。蒼松鬱鬱三摩地，芳草萋萋半月樓註二。遂願首丘朝北闕，無違骸骨瘞東陬。我來不盡滄桑感，競渡空懷太守舟。

註一　夢蝶園在臺南市，漳人李茂春，明季舉人，遁跡來臺，構茅亭於永康里居，名「夢蝶園」，今改為法華寺。

註二　古夢蝶園舊址，蔣金竹太守，布山門景勝，鑿池造龍舟。建半月樓，觀美人競渡，今廢矣。

億載金城註

虎鬥龍爭賸劫痕，立功長仰沈軍門。昔時壘廢餘殘雉，白載濤猶撼七鯤。誓掃胡塵朝北闕，蕩平瀛海鎮東藩。我來剔蘚情何限，橐筆空招國士魂。

註　億載金城在臺南市安平區金城里，昔二鯤鯓之地，俗稱大礮臺。清同治十年，琉球漁民捕魚，犯風至臺南，被山胞所戮。日本為琉球之保護國，藉詞興兵侵臺。十二年十月，清廷派欽差大臣沈葆楨渡臺處理。沈氏為鞏固安平海防計，奏准築城於此。光緒元年十一月竣工。塹外有濠，城堞置大礮五座，小礮四座，孤軍守之。城極堅固，因歷年為風雨所蝕，今尚存方形壁門。額曰：「億載金城」。城內門額曰：「萬流砥柱」，俱出沈氏所書也。

鹿耳沉沙

民國九十三年教育部文藝創作優選獎　註

一夜風迴波驟漲，星輝鶉火月輪高。克收漢土揮鵝陣，畢進艨艟定豹韜。赫濯功勳垂宇宙，運籌帷幄失蕭、曹。徘徊不見鯤鯓海，臨眺空懷鹿耳濤。

註　鹿耳門嶼，在臺南市西北三十公里大海中。浮沙橫亙，形同鹿耳，因而得名。拖南為四草湖，枕北為鹿耳門。其北有嶼曰北汕尾，亦浮沙橫亙，與鹿耳門南北遙對。中隔大港曰隙港，港中有石礁，暗接南北二汕。故港雖大而水淺徑狹，舟必插標以行，觸礁則船立破。明永曆十五年三月朔，鄭成功率戰艦數百艘，載兵二萬五千，從鹿耳門乘潮漲入臺克赤嵌，困荷夷於安平。至十二月，荷酋揆一以城降。歷茲四百年，昔之鹿耳門，今已成平陸。其遺址，僅剩一小溪。即今臺南市安南區土城子之西，曰鹿耳門溪，令人有滄桑之感。七鯤鯓及鹿耳門，皆臺灣八景之一。鄭成功進取時，荷人沉舟塞鹿耳，一夜水驟漲，鄭軍飛渡，荷人詫為從天而降，冥冥之中，似有神助。

南鯤鯓廟

廟在臺南市北門區蚵仔寮

一角觚稜古蹟存，蚵寮日日萃高軒。南迴風捲山蹲虎有虎山，西望濤掀海起鯤。廟貌巍峨隆俎豆，神靈赫濯壯乾坤。瀛堧盡在帡幪裡，齋沐馨香答帝恩。

關子嶺註

一泓泉滑洗凝脂，關嶺風光舉世知。地自鍾靈山毓秀，大留勝境水瑰奇。雲霞靉靆明於畫，花木扶疏總是詩。濯足振衣蠲俗慮，尤憐四美並兼時。

註

關子嶺為南部第一溫泉，在阿里山西南，烏山頭之北。枕頭、虎山、鷲鳳諸峰環繞，海拔二七〇公尺。溫泉自山後岩石中湧出，水黏滑，色乳白，係鹽酸泉。溫度高，對皮膚病有特效。由關子嶺聽水庵左側，循石級而上，轉入山徑，參觀水火同源。山坡曲折，筠篁夾道。經枕頭山腹，此處地質為火山岩構成。岩壁孔隙，有水及瓦斯噴出，四時不絕，稱為「水火同源」。由此再前行約一公里，到碧雲寺，廟宇清淨。關子嶺紅葉，漫山遍嶺，即橡牙紅，一名聖誕樹，在上海、香港售價頗貴，且每株不過一、二尺高而已。此地之象牙紅，高達丈餘者不少，故馳名海內外。附近仙草埔，有大仙寺，崔巍華麗，莊嚴肅穆。關子嶺枕頭山巔礦場，民國四十六年春，曾掘出幾萬年前，海底動物化石。有珊瑚、蚌殼、海螺等諸水族動物。可知臺灣若干萬年前，仍是海洋一片，無此海島。恐是地層發生變化，由海底突然長出。否則，此種海底動物，何以在海拔六二三公尺之高峰發現？

水火同源
註見前（頁一九五）

天下雄觀紀火泉，相生不剋壯坤乾。熊熊烈焰逾三尺，汩汩滄浪注百川。玄武祝融爲偶匹，千秋一穴共嬋娟。書空咄咄猶難已，太極神奇孰與詮？

碧雲寺題壁
註見前（頁一九五）

群山繚繞寺崇隆，瑞靄氤氳接碧空。麟尾山名雲封猶帶雨，鳳頭山名日落自呼風。徑通關嶺岩阿赤，地近靈泉劫火紅。顧我有緣登寶地，得參淨理謁支公。

過大仙巖
註

秋晴結伴大仙遊，寶殿莊嚴世外幽。晚霽煙霞千岫出，四時風月一龕收。聯翩知返鴉馱日，緬想皈依客倚樓。欲鎮山門無玉帶，鴻飛泥爪偶然留。

註　大仙巖即大仙寺，在關子嶺附近，祀觀世音菩薩。清康熙五十八年（一七一九），分奉赤山龍湖禪寺佛像，為開基佛，崇祀於此。屢經修葺，民國十六年再重修。環境幽雅，殿宇巍峨。可容旅行學生三、五百人住宿，為火山巖第一名勝。曾於此寺舉辦全國詩人聯吟大會。殿後大院，有大榕古樹，枝葉鬱蒼，為開山古跡。

珊瑚潭註

澄潭明媚肖珊瑚，千頃波平似鏡鋪。指顧比鄰河盡白白河區，盱衡此處嶺全烏烏山嶺。諦聽鳥語如絃管，更訝風光似畫圖。利澤嘉南成沃壤，功侔鄭白物昭蘇。

註　珊瑚潭在臺南市六甲、官田區之間，為嘉南大圳烏山頭水庫。民國九年開建，十九年竣工。咸稱臺灣最大水利工程。引曾文溪水，貯於此潭。貯水量五十五億立方尺，潭水面積一千公頃，灌溉嘉義、臺南約十萬甲，古之鄭、白兩渠，不足多也。潭有三處放水口，放水時，潭流洶湧，有如萬馬奔騰，怒潮澎湃。日光照耀，色呈五彩，雄渾壯麗。

謁延平郡王祠

臺南市政府主辦臺南勝景古典詩徵詩優選獎（二〇一五年）

騎鯨人已杳，鹿耳水猶寒。忠節衣冠在，觚稜夕照殘。

赤嵌城

又稱安平古堡。臺南市政府主辦臺南勝景古典詩徵詩優選獎（二〇一五年）

劫灰細認爇蘭遮，地翦牛皮復漢家。軹道受降功紀鄭，門荒桔柣感無涯。

高雄攬勝

秋霽下高雄，清遊愜素衷。如山屯貨櫃，營運冠瀛東。港都饒韻事，更僕數難窮。岡山生鴨母註一，鳳邑祀曹公註二。黃金埋打狗註三，羅漢聳奇峰註四。我來尋勝跡，但見爪留鴻。

註一　鴨母：清康熙六十年（一七二一），鄭成功部將朱一貴，從岡山揭竿起義。因其素飼鴨，人稱「鴨母」。連橫《臺灣通史》有傳。《臺灣詩錄》范咸《再疊臺江雜詠》詩：「堪笑揭竿稱鴨母，空嗤海外夜郎多。」

註二　曹公：指曹謹。鳳山自康熙二十三年，置縣以來，時常苦旱。道光十七年（一八三七），河內曹謹（懷璞）來宰是邑，引下淡水溪之水，以灌旱田五百餘甲，年穫兩收。旱時仍苦不足，公再開新圳以益之。自是地無荒蕪，民無凍餒。姚石甫觀察旌其功，名曹公圳。至今猶食其澤，縣民立祠祀之。

註三　黃金埋打狗：註見頁二〇三《遊西子灣》註三。

註四　羅漢聳奇峰：註見頁二〇一《內門放歌》註一。

小琉球

林芸舟喚渡，言覽琉球鄉。乘風破巨浪，壯志快梯航。青天無片雲，瀲灩映濤荒。彼亦美麗島，入眼樹蒼蒼。古刹龍山寺，恩覃播四方。民盡漁爲業，迓客款茶湯。自云蒙德政，生活日安康。飲用自來水，明藉電燈光。家家有電視，戶戶置冰箱。慣用洗衣機，不復搗衣忙。謹庠序之教，子弟多騰驤。怪石良堪拜，鬼洞久名揚。北窗簾半捲，高臥武陵郎。

內門放歌註一

吁嗟險巇乎高哉！百笏玲瓏欲刺天。俯瞰煙鳥仰脅息，捫參歷井興飛遄。遙望石門山名如寶扇，一抹銀瓶山名若翠鈿。將軍地名迢遞傳猿嘯，烏嶺逶迤見鶴旋。君不見、霧峰九十九，與此相形若培塿。又不見、青泥四川嶺名何盤盤，視之寧無瞠乎後？乃知造物有深意，瑰奇獨許海外有。歷劫彌新昭日月，欲與天地共長久。雞爪原住民族名於今尚有痕，雕題鑿齒古風存。誰家痲達原住民謂少年郎誇年少？貓女原住民稱未婚少女吹簫倩倚門。出草打獵歸來欣得鹿，載歌載舞樂褕枌。衣食足餘藐義、葛，甕頭姑酒姑待酒：原住民酒名醉醺醺。避難斯庵自遠來註二，邂逅山靈如舊識。因於東麓結茅茨，鄒魯遺徽志切嗣。不求聞達振斯文，蜑女蠻童教無類。四百年來滄海變，二層溪畔文猶萃註三。

註一　內門，即古之羅漢內門里，居二層行溪上游。昔時土番蟠踞，東接將軍，西連烏嶺。南聳銀屏，北控石門。千峰羅列，林壑幽深。臺陽舊八景之「雁門煙雨」、高雄縣新八景之「內門列嶂」，即指此也。明末遷客沈光文，曾遁跡其中；抗清復明之朱一貴，亦起義於此。清代人文薈萃，文化早開，現尚有萃文書院存焉。

註二　沈光文，字文開，號斯庵，浙江鄞縣人（一六一二～一六八八）。渠於明永曆五年至臺灣，結茅諸羅縣羅漢門山中。明室亡，與季麒光等十九君子，組「東吟詩社」，裒其作品為《福臺新詠》，咸推臺灣詩祖。

註三　文猶萃：喻碩果僅存「萃文書院」。

過竹滬弔寧靜王註

低徊竹滬弔王陵，古木參天感不勝。絕命揮毫訣妃媵，捨身全髮見高曾。元知生死關榮辱，不撓精神繫廢興。一代完人垂宇宙，千秋瀛嶠配嘗烝。

註　寧靜王，名朱術桂，明太祖九世孫。始授輔國將軍，至隆武累封寧靖王。永曆十八年，偕鄭經渡臺，築宮西定坊，供歲祿。善文章，書尤瘦勁。三十二年，聞施琅請伐臺，擬以身殉。已而清師克澎湖，克塽議降，術桂告其媵妾曰：「我死期已至，汝輩可自便。」僉願同生死，齊縊於中堂。術桂大書絕命詞於壁曰：「艱辛避海外，總為幾莖髮。於今事畢矣，不復采薇蕨。」自縊而絕。葬竹滬，與元妃合焉，妾五人別葬。

遊西子灣

浪白霞丹夕照間，灣遊西子展朱顏。一龍渡海開天地註一，五馬奔江闢蜑蠻。打狗埋金人豔說註三，泛舟戲水客消閒。流連不覺金烏墜，細翦秋光興未刪。

註一　《使槎錄》：「朱子登福州鼓山占地脈，曰：『龍渡滄海，五百年後，海外當有百萬人

之郡。』」（見《臺灣詩錄・范咸》詩註）

註二　《臺灣詩錄》施士洁《臺灣雜詠》：「信有山川妙鍾毓，至今五馬說奔江。」陳漢光注：「鄭成功高祖葬處，形家謂：『五馬奔江。』」

註三　相傳林道乾妹，埋金於打狗（鼓）山上。《臺灣詩錄》馬清樞《臺陽雜興》詩：「金埋巖谷詎猶藏。」

壽山觀海註

瀲灩荒濤畫意多，旗峰對峙勢巍峨。驚心動魄如奔馬，震地喧天似吼鼉。鮫室迷離雲靉靆，蜃樓隱約海婆娑。嗤他河伯誇秋水，直把滄溟比愛河。

註　壽山即麒麟山，位於高雄市西鼓山區，高雄港西北岸，海拔三五四公尺，與旗山相對峙。古時為平埔番打鼓社（又稱打狗社）集居於此，因又名打鼓（狗）山。又以山景之奇，亦名麒麟山。民國十二年，日皇裕仁太子，誕辰日來臺，登此山，因改名壽山。山上林木蔥蘢，岩石幽奇。遠望海上帆檣，點點如鷗。東有大武連山，西望大海，南隱約可眺琉球嶼，北瞻半屏山。游目騁懷，襟懷浩蕩，飄飄欲仙矣。

遊澄清湖註

澄清湖攬愜幽衷，四面樓臺掩映中。霞落鮮明翥孤鷺，雨餘絢爛臥長虹。琳琅辭賦題騷客，璀璨珠璣出貝宮。十里波光千里月，三分人力七天工。

註　澄清湖又名貝湖、大貝湖，在高雄市鳥松區。為具防洪、灌溉及工業給水之用，屬高雄工業給水廠管理。因產淡水珠、大貝而馳名於世。湖面約六千平方公尺，水清如鏡。四周山巒起伏，茂林蔥翠。湖中有亭，名湖心亭，供人憩足。岸畔萬象臺，登臺可覽全湖勝景。有蓮池，在清水路旁。青鈿貼水，翠蓋跳珠。湖堤新柳，嫋嫋迎風，極饒詩意。風景既佳，又富經濟價值。「貝湖春曉」為高雄市八景之一。

鵝鑾鼻攬勝註一

山勢龍嵷似馬頭，爛柯樵子舊曾遊註二。平洋有峽臺菲圻，巨浸無垠日月浮。一塔明燈昭寶島，三更隔海認歸舟。東南鎖鑰天留險，登眺人來豁遠眸。

註一　鵝鑾鼻，古稱沙馬磯頭，在屏東縣恆春鎮鵝鑾鼻里。其山脈與龜仔角山相連，數十峰巒起伏，邐迤而至海岸，突出海面約五公里，形似鵝鑾之嘴鼻，故名。削石矗立，兀然海際。渡海三十里，浮出海面者，為七星石。下多暗礁，舟行患之。光緒八年（一八八二），聘美國技師，建築燈塔。光緒廿一年割臺時，鄉民毀塔。廿三年再建，高五丈九尺，距水面十八丈，為一等不動白光，二萬六千燭光，光力二十浬以上。鐵質漆白色，聳立於鵝鑾鼻頭，為航者明星。

註二　《鳳山縣志》載：「仙人山在沙馬磯山頂，相傳天氣晴明時，有紫素二仙人，對弈石上。」

曹公圳
圳在鳳山，一九六七年。

九曲塘開勸耦耕，乃倉乃積厥功成。春秋一字褒賢宰，沃野雙冬熟稻秔註。溝澮滿盈侔白鄭，膏腴灌溉裕蒼生。即今吟望猶堪思，況復當時擊壤情。

註　雙冬：臺諺稻歲一熟曰一冬，雙冬者，稻歲二熟也。

澄清湖九曲橋追和張岳公之作

渺渺煙波翦翦風，樓臺蘸影玉玲瓏。浮沉日月乾坤動，盡在橋頭一望中。

船帆石註

屹立沙灘矗片巖，拄笻瞭望肖船帆。從容抵禦風和雨，崛強精神自不凡。

註　船帆石，在屏東縣恆春鎮鵝鑾鼻端。距海岸十餘丈，突立海面之大巖石。高二十三尺，形如船帆，故名。片巖兀立，望之儼然。驚濤駭浪，不停衝擊。狂風驟雨，日夜吹打。不屈不撓，千秋屹立。象徵臺灣民族精神，令人起敬。

玉石行——題賴將軍宗煙花蓮別墅

塊然兀自處空山，惟有雲君成主客。飽閱興亡不計年，賾幽邈與紅塵隔。補天疑是女媧遺，低徊迫視屢動魄。俱作將軍府上珍，搜奇日日萃裙屐。歷盡滄桑出古坵，琢磨鏤錯震東陬。秀靈合受米顛拜，渾璞應教坡老求。色彩陸離威鳳舞，文章黼黻錦龍浮。最憐恍入仇池穴，迤邐璠璵絢玉樓。潔齒殊堪漱孫楚，索書猶足躲老姹。寶氣茫茫凝鄧林，瑤光耿耿若懸圃。乍見人來解點頭，似言終幸侍明主。神物皈依得所哉，不作飛騰藉雷雨。灑落雲根尙儼然，纍纍允比九華妍。寧知柔弱俱湮滅，肯信剛強獨久全。希世連城傳禹甸，圭璋特達韞花蓮。相逢已慰三生約，次第摩挲亦夙緣。

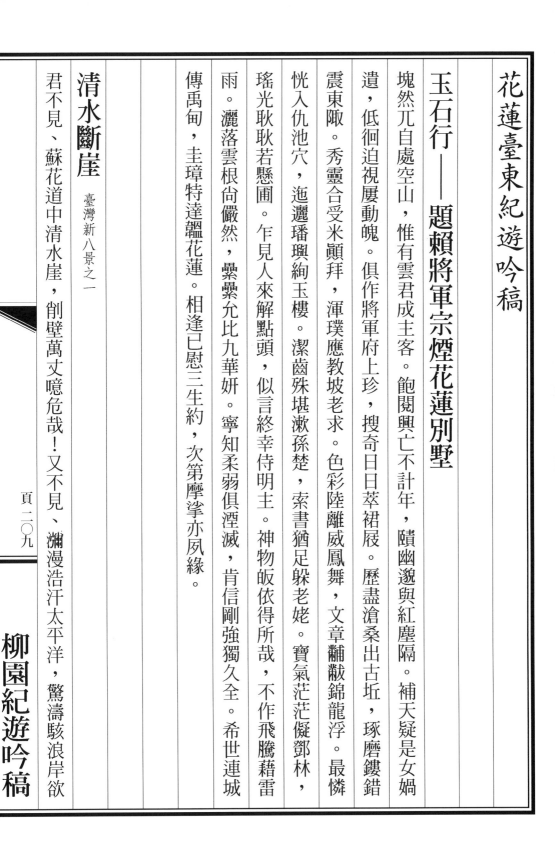

清水斷崖

臺灣新八景之一

君不見、蘇花道中清水崖，削壁萬丈噫危哉！又不見、瀰漫浩汗太平洋，驚濤駭浪岸欲摧。九鼇負山通指顧，六龍御日騰踔來。河伯睢呿觀北海，子胥銜恨泣東臺。大鵬水擊三千里，鼉鼓疑撾一足夔註一。天淨巉巖逼參井，會逢箕畢鎖陰霾。瞻彼桂林輸壯麗，盱衡劍閣失奇瑰。何當借得玄虛筆註二，揮灑日月氣勢恢。

註一　夔一足：傳說舜時的樂正官夔只有一腳。《呂氏春秋．察傳》：「魯哀公問於孔子曰：『樂正夔一足，信乎？』孔子曰：『昔者，舜欲以樂傳教於天下，乃令重黎舉夔於草莽之中而進之，舜以為樂正……重黎又欲益求人。』舜曰：『……若夔者，一而足矣。故曰夔一足，非一足也。』」意思是說只須夔一人已足夠，而不是夔只有一隻腳。這是孔子的解釋。

註二　玄虛：西晉文學家木華字，著有《海賦》名噪當世。

雨中游鯉魚潭

攬勝鯉魚潭，瀟瀟未澄霽。亭臺漫憑欄，物象餘霾曀。萬壑翳蔥青，千山失映麗。滂沱鳥雀藏，霎霴潭潯蔽。暮色自天來，颼飀颯瀏厲。洪波渺漫漫，悅覿寰瀛勢。微興從茲愜，悠然不知敝。會當雷雨交，尾燒名揚世。

冬日遊太魯閣

民國九十三年教育部文藝創作優選獎

人來魯閣趁初冬，楓葉奇萊色染紅註一。九曲洞幽通燕子口名，千尋壁峭入鴻濛。採金豔說哆囉滿註二，擷俗猶存泰雅風註三。驀向長春祠外望，斜陽欲落崦嵫中。

註一　光緒十三年清政府設臺東直隸州，北部地區稱為奇萊；南部地區稱為卑南覓。奇萊即今花蓮縣，卑南覓即今臺東縣。

註二　哆囉滿，昔原住民稱立霧溪與三棧溪一帶為哆囉滿。連雅堂《臺灣通史》：「鄭氏末葉，遣官陳廷輝往哆囉滿採金，老番訝之曰：『臺其有事乎？』或問之，曰『日本採金而荷蘭來，荷蘭採金而鄭氏至。今鄭氏又採，其能晏然耶？』已而清軍果入臺，話雖不經，亦足以知採金之古。」

註三　太魯閣原住民仍存泰雅族習俗。

洄瀾觀濤

民國九十三年教育部文藝創作優選獎 註一

徙倚洄瀾興致豪，爭看拍岸捲驚濤。汪汪萬頃奔千馬，渺渺三山戴九鼇註二。海若有情應掩泣註三，靈胥無恨不悲號註四。瀰漫浩瀚今猶昔，千古英雄盡浪淘。

註一　花蓮市古名洄瀾，傳未築港時，沿岸海瀾迂迴旋轉，故名。

註二　《列子．湯問篇》：「渤海之東，有大壑焉。中有五山，一曰岱輿，二曰員嶠，三曰方壺，四曰瀛洲，五曰蓬萊。五山之根，無所連著，常隨潮波，上下往還。帝恐流於西極，乃使巨鼇十五，舉首而戴之。五山均峙。而龍伯之國有大人，一釣而連六鼇。於是岱輿、員嶠流於北極。」所以說，現在方壺、瀛洲、蓬萊三島，仍有九鼇舉首而戴之。這雖是神話，但不妨姑言之，姑聽之。

註三　海若，海神名。

註四　世傳伍子胥為潮神，因稱潮為胥濤，或靈胥。

文化復興節臺東聯吟大會誌盛二首

臺東市主辦全國詩人聯吟大會

臺東勝日萃詩星，國粹宏揚樹典型。文旆捲舒飄鯉嶺，元音磅礴渡鯤溟。陵江跨陸才無敵，起敝興衰筆有靈。紫鄭抑除吾輩責，狂瀾倒挽史留青。

其二

寶桑盛會繼蘭亭，曲水流觴竹葉青。彩筆千枝光射斗，瑤章萬首句通靈。詩鑾鯤島迎新歲，碑泐燕山續舊盟。群怨興觀遵聖訓，騷魂喚起國魂醒。

春日謁花蓮慈惠堂

花蓮市主辦東北六縣市詩人聯吟大會

春日清遊雅興酣，堂登慈惠鞠躬三。瀾安瀛海恩波遠，神護奇萊德澤覃。普渡迷津雙珓擲，廣開覺路百籤涵。翻蓮妙諦三摩地，煨芋玄機註一佛龕。

註　煨芋玄機：唐代李泌與懶殘和尚的故事。唐代衡嶽寺明瓚禪師性懶，常吃眾僧的殘食，所以號懶殘。李泌尚未顯達時，曾在寺中讀書，半夜裡悄悄地去謁見懶殘，懶殘撥開火，取出煨芋請他吃，並對他說：「慎勿多言，領取十年宰相。」後來李泌果然當了宰相，封為鄴侯。事見《鄴侯外傳》。蘇軾《次韻毛滂法曹感雨詩》：「他年記此味，芋火對懶殘。」

遊藥草園率成二章　每句系一藥草名

尋柳偏逢赤查某赤查某，折枝驚觸水蜈公水蜈公。儘多野狗人人咬咬人狗，仆倒車前血染紅車前。

其二

秀色可餐紅鳳菜紅鳳菜，華容婀娜綠珊瑚綠珊瑚。黃金滿地蹄驕馬蒲蹄金，待掃妖氛劍出蒲菖蒲。

東臺攬勝　臺東市主辦全國詩人聯吟大會次唱掄元

鯉嶺風光接翠微，天空海闊彩雲飛。品聰銅像人爭仰，讀罷碑文淚濕衣。

蒲節遊花蓮途次奉和沛公即事之什

俊新遒邁謝宣城，擲地凌雲宿老驚。角黍香飄端午節，龍舟棖觸五絲情。鯤溟隱約鼉撾鼓，騷客聯吟鯉插旌。顧我疏庸詩力拙，效顰無狀漫賡聲。

附錄

一　君潛獲註一臺北文學獎賦賀——鄧璧先生註二

橐筆鼚詩到北臺，選題獨愛草山梅。暗香撲鼻冰霜豔，綺思羅胸錦繡開。蓬海客成騷海客，蘭陽才娩洛陽才。分明佳作嚴依律，首獎焉能比得來。

註一　楊君潛，蘭陽人，以《陽明山賞梅》詩入選「佳作獎」。其同屆「首獎」作品中，竟有落韻、失對、合掌、三仄尾暨一字重見等瑕疵，故結句云然。

註二　作者鄧璧先生，字種玉，安徽省宿松縣人。中華民國古典詩研究社創社理事長、春人詩社榮譽社長、中華詩學研究會常務理事。

二　臺北第十三屆文學獎首獎作品「山水懷人八首」——張富鈞先生

覽古臺北地圖懷阮察文

阮察文字子章，任臺灣北路營參將時親巡北臺，招撫番社，其詩多記北臺風俗物產。末用丑類特拗。

百戰興衰指顧中，憑圖尚道阮公雄。孤身跋涉蒼天外，萬里飄搖大海東。提筆先憐民瘼苦，授書猶記歲糧窮。（阮於番社召童講四書，授以銀帛。）蠻荒終是厭俚鄙，更有何人詢土風。（阮詩：「殷勤問土風，豈敢厭俚鄙。」）

訪太古巢舊址

陳維英號迂谷，曾掌教仰山、學海兩書院，晚年建讀書之處於劍潭畔，名曰「太古巢」。

太古巢空舊景非，倦遊高士素心違。圓山落日遊園暮，（太古巢舊址為今兒童樂園。）澹水回波詞客稀。惟我多情尋蘚碣，隨人不解污春衣。長空遙望眞無語，一任亂鴉零落飛。

植物園過布政司衙門忽憶牡丹詩社

唐景崧字維卿，任兵備道時組「斐亭吟社」，及任布政使時又邀名士吟詠於官署，時有贈數十盆牡丹，遂名「牡丹詩社」，未借義山語，論字借元韻。

風華能繼斐亭春，殘照應憐映舊人。棄職悲辛何處說，守臺功過總難論。當年豆蔻餘詩卷，（唐輯斐亭與牡丹唱酬稿為《詩畸》十卷。）堂下牡丹空錦塵。惟有碧荷紅菡萏，捲舒開合任天眞。

登臨淡水紅樓懷洪以南

洪以南字逸雅，淡水首任街長，亦為瀛社首任社長，紅樓為其故居。

觀音遙對小紅樓，樓底磯旁泊晚舟。山水蕭疏眞有意，雲天浩淼只宜秋。才人吟嘯堪圖畫，裙屐懽言續宴游。（今為餐廳。）昔日書生今在否，寒風嗚咽淡江流。

訪南都先生溪山煙雨樓不獲

陳逢源號南都，早年致力於經濟金融，晚年移居陽明山溪山煙雨樓，與名士耆老詩文唱酬。

陽明山腳晚霞明，欲覓遊蹤步履輕。繡轂雕鞍今已杳，櫻花泉水總無情。昔年高詠樓應在，往日風流夢不成。一脈溪山青似碧，不知何處訪先生。

士林官邸讀新蘭亭碑懷諸老

民國卅九年上巳，于右任，賈景德、黃純青集全國詩人，修禊於士林園藝所（今士林官邸），立新蘭亭碑並銘刻與會詩人姓名於其上。

一院芝蘭召楚靈，騷人詞客幾零丁。銘碑新記觴歌美，歌詠猶言魍魎腥。流水依稀成曲水，蘭亭彷彿是新亭。江山豈曉興亡事，依舊年年入眼青。

碧潭茗坐懷藥樓先生

憑欄無計挽韶光，一曲周孃聽斷腸。（先生頗喜周璇曲。）潭水拂殘唐律細，小樓泛盡苦茶香。七旬歲月眞彈指，廿載幽居又夕陽。山色焉知人影邈，殷勤碧到茗杯芳。

過大稻埕天籟吟社舊址

吟鞋踏遍稻江邊，君子何妨處地偏。（吟社舊址礪心齋書房，居巷弄之內。）兩面磚樓齊壓岸，一聲清曲獨參天。跫音敲得新風月，船影分來舊水煙。雖嘆修文催促迫，儒林風勵自年年。（榮譽社長張國裕先生，已於十月卅一日仙逝，同日為天籟九十週年社慶，風勵儒林為天籟吟社題額。）

三　評審者

陳文華先生、張大春先生、李佩玲先生、曾進豐先生、顏崑陽先生（二〇一一年三月）。

四 柳園詞宗榮獲臺北文學獎賦賀——劉緯世先生

陽明即事賞櫻忙，公卻吟梅詩滿囊。高雅情懷揮妙筆，國花特寫意深長。

其二

君復君潛仿一家，古今同是愛梅花。嚴霜厲雪都無畏，不識趨炎傲骨誇。

其三

細嚼梅花八首詩，探花郎筆孰如之？千錘百鍊雕龍句，未奪魁因不合時。

其四

文壇今日失公平，毀棄黃鐘瓦釜鳴。不齒所爲聊一笑，泰山北斗永高名。

註 作者劉緯世先生，號延齡，湖南省長沙縣人，曾任中華大漢書藝協會理事長。

五 柳園梅花詩贈序——馬芳耀先生

獻歲賦梅，名區寄興，豈必草山乎？

念哉草山之野，頻傳梅樹之情。梅孤傲而後凋，樹洶芬而挺秀。睥睨塵寰眾色，競聳世外清姿。故雅士同尊，高賢爭頌。

居人曰：「斯地之梅，稱北陽無雙之品，占東風第一之枝。吐玉蕊而傳神，迎天風而樹骨。或春融碧野，絕嶺傍依；或影動黃昏，暗香潛發。海客紛臨攝其影，騷人屢至動其情。相與契鷗鷺之盟，逐蓬萊之夢。莫不飛一時之逸興，銷萬古之窮愁。」

楊詞長柳園，聞斯言而篤信。已而倚樹銷憂，託梅遣興。揮彩筆於詩苑，賦花魁於草山，成賞梅之作八。情邈邈而韻傳，思悠悠而境遠。踵前修之軌躅，不廢傳承；開勝代之風華，頻宣妙蘊。句共素英而爭秀，名同勝境而傳揚。頃獲北臺文學獎前茅。固銜英華而佩實，亦分癯仙之寵光。區區欣爲馳頌，感紉何如？

昔秦少游庾嶺之經，何水部維揚之賦；林和靖之眷戀，宋廣平之朗吟，無不梅以動其心，詩以寄其意。今詞長迎風振筆，望梅拈詞，卷軸氣充，性靈句秀。斯又扶輪大雅，繼軌前修者也。

復聞詞長，任古典詩學理事長，砥柱詩海，羽儀藝林。功赫赫以長昭，志恢恢而高舉。詩侶蒙其沾溉，得其掄拔者，比比也。梅有靈，得無頌美其功，紉佩其志乎？區區拜手之餘，竭鄙誠而撰序，貽嘉侶以拙篇。柳園觀之，切莫誚以疏狂，責以迂悖也。

註　作者馬芳耀先生，政大畢業。一代文宗成惕軒教授入室弟子。工駢文、詩賦。年廿八，即榮獲北部六縣市論文賽冠軍。尤邃究象棋，曾連續三次榮獲全國象棋賽冠軍，並主編《中華象棋》多年。

文化生活叢書·詩文叢集 1301044

柳園紀遊吟稿

作　　者　楊君潛
責任編輯　楊芳綾
特約校稿　林秋芬

發 行 人　陳滿銘
總 經 理　梁錦興
總 編 輯　陳滿銘
副總編輯　張晏瑞
編 輯 所　萬卷樓圖書股份有限公司
排　　版　游淑萍
印　　刷　百通科技股份有限公司
封面設計　百通科技股份有限公司

發　　行　萬卷樓圖書股份有限公司
臺北市羅斯福路二段 41 號 6 樓之 3
電話 (02)23216565
傳真 (02)23218698
電郵 SERVICE@WANJUAN.COM.TW
香港經銷　香港聯合書刊物流有限公司
電話 (852)21502100
傳真 (852)23560735

ISBN 978-986-478-255-0
2019 年 4 月初版一刷
定價：新臺幣 380 元

如何購買本書：
1. 劃撥購書，請透過以下郵政劃撥帳號：
帳號：15624015
戶名：萬卷樓圖書股份有限公司
2. 轉帳購書，請透過以下帳戶
合作金庫銀行 古亭分行
戶名：萬卷樓圖書股份有限公司
帳號：0877717092596
3. 網路購書，請透過萬卷樓網站
網址 WWW.WANJUAN.COM.TW
大量購書，請直接聯繫我們，將有專人為您服務。客服：(02)23216565 分機 610

如有缺頁、破損或裝訂錯誤，請寄回更換

國家圖書館出版品預行編目資料

柳園紀遊吟稿 / 楊君潛著.
-- 初版. -- 臺北市 : 萬卷樓, 2019.04
面 ; 公分.
-- (文化生活叢書. 詩文叢集 ; 1301044)
ISBN 978-986-478-255-0(平裝)

851.486　　107023563